KB197068

좀 놀면 안 돼요?

좀 놀면 안 돼요?

초판 1쇄 발행 2024년 12월 24일

지은이 백순심
펴낸이 박경애
편집 박경애
표지 디자인 정은경

펴낸곳 자상한시간
출판등록 2017년 8월 8일 제 320-2017-000047호
주소 서울시 관악구 관천로 20길 27, 201호
이메일 vodvod279@naver.com

ISBN 979-11-988706-0 03810

이 책은 저작권법에 의하여 보호를 받는 저작물이므로
무단 전재와 복제를 금합니다.
파본이나 잘못된 책은 구입하신 곳에서 교환해 드립니다.

좀 놀면 안 돼요?

저자 백순심

자상한시간

일러두기

1. 이 책은 강원예술인복지지원센터 에 일부 지원 받아 출간되었습니다.
2. 이 책의 표지에 '을유1945' 서체를 사용하였습니다.

내가 가는 길에 언제나 외롭지 않도록

동행하는 남편 이민우와

퇴사 이후의 삶에

늘 새로운 추억을 만들어 주는

두 아들 이마루, 이누리.

무한한 지지와 응원으로

나를 근사한 사람으로 만들어 주는

나의 친구 서주희, 오승현, 조현진, 조혜란에게

이 책을 바칩니다.

프롤로그

직장에 들어가기까지 6개월간 전국으로 수십 군데 이력서를 넣었다. 장애가 있는 내가 취업하는 것은 '하늘의 별 따기'만큼 어려웠다. 유일하게 받아준 이곳이 아니면 나를 뽑아 줄 곳이 없을 거라는 두려움이 컸다. 그래서 나를 뽑아 준 이 직장에 감사하며 평생직장으로 여기고 진심으로 일했다. 이곳에서 21년간 직장 생활을 하면서 보람된 일도 많았다. 무엇보다 정이 많은 시설장애인들과 한솥밥 먹으며 지낸 시간은 소중했다.

직장은 일하는 곳인 동시에 인간관계가 얽혀져 있는 곳

이다. 내 생각과 계획대로 움직이지 않아 통제가 불가능하므로 내가 선택할 수 있는 영역에는 한계가 있다. 그러나 나 자신에게 친절하게 대하는 건 선택할 수 있다. 그동안 직장에 보탬이 되고자 30억이 넘게 외부 자원을 끌어오고 우수 시설평가를 받고자 애쓴 나의 21년의 세월은 '장애인'이라는 타이틀에 묻혔다. 쌓아온 커리어와 실적은 사라지고 '장애인'이라는 한 단어로 뭉개버리는 그곳에서 나를 보호하고 싶었다.

그동안 직장 생활을 하면서 어려운 고비를 만나면 버티는 것이 당연하다고 생각했다. 그것이 얼마나 어리석은 일이었는지 알게 되었다. 참는 것이 모든 것에 정답은 아니었다. 나의 장애에 대한 동료들의 배려가 분명 있었지만 그 밑바탕에는 '장애가 있어서 다른 곳에 이직 할 수 없을 것'이라는 생각에 함부로 대해도 괜찮다고 여기는 무례함도 깔려 있었다. 나는 더 이상 장애 때문에 홀대받는 나를 방관하지 않기로 했다. 스스로 나를 보호하기로 했다. 직장은 경제적으로 나의 삶을 윤택하게 했지만 내 영혼은 고갈되어 갔다. 나를 돌보지 않는 대가로 불면증과 불안함을 얻었다. 나는 살기 위해 퇴사를 결정하게 되었다.

남들은 퇴사하기 전에 미래를 준비한다고 하지만 난 아무런 계획도 없이 사직서를 제출했다. 그동안 버티며 쌓아온 커리어에 미련이 없다면 거짓말이다. 다시는 직장인으로 살지 못할 것이라는 불안감도 컸다. 그럼에도 나는 '나를 소중히 여기는 삶'을 선택했다.

　퇴사 이후의 삶은 고급 레스토랑에 가서 외식할 기회가 줄어들게 분명하며 예전보다 재정적으로 여유롭지 못해 아이들이 원하는 것을 다 들어줄 수도 없다. 하지만 나의 삶은 풍요로워졌다.

　퇴사를 선택한 삶이 잘못되지 않았음을 증명하기 위해 제2막의 인생을 멋지게 살고 싶다. 월급을 받는 직장인의 안락함을 포기할 수 없어 망설이는 사람에게 말하고 싶다. 지금 당신이 일하는 직장이 마지막 종착지가 아님을. 무엇보다 우선인 것은 본인 자신임을 잊지 말았으면 좋겠다. 어디서 무엇을 하든 당신은 소중한 사람임을 잊지 않길 바라는 마음으로, 이 책을 썼다.

차례

3부 비록 돈은 적게 벌지만, 하고 싶은 일 하며 삽니다

1부

나에게 친절하기 위해 사표를 던졌다

사표가 수리되었다

사직서를 내고 며칠 후 '사표가 수리되었다'는 사무국장의 말에 비로소 퇴사가 현실로 다가왔다. 이 순간이 오기까지 고민하고 망설였던 시간에 대한 공허함과 21년을 다닌 이곳의 모든 것이 낯설게 다가왔다. 늘 앉아서 일하던 나의 책상, 장애인들과 프로그램을 진행했던 프로그램실, 강당 등 모든 것이 애틋했다.

이곳에서 먹은 밥이 집에서 먹은 밥의 횟수보다 더 많다. 집밥만큼이나 이곳의 밥이 그리울 날이 올 것이다. 처음 이곳에 와서 먹었던 메뉴가 짜장밥이었다. 조리원 선생님은 식판에 음식을 넘쳐흐를 만큼 담아주면서 여기에 온 것을 환영한다고 말했다. 그의 따뜻한 환영에 이곳에 금세 정이 들었다. 21년 전 첫 사회생활에 긴장한 초년생이었던 나를 엄마처럼 따뜻하게 품어준 그는 회사에서 마지막 밥을 먹는 날에도 든든히 먹으면 마음도 단단히 채워질 것이라며 넘칠 만큼 밥을 꾹꾹 눌러 담아주었다. 더 이상 조리원 선생님의 애정이 담긴 밥을 못 먹는다는 사실에 시야가 흐려졌다. 눈물을 삼킨 것인지, 밥을 삼킨 것인지 분간이 가지 않았다.

사표가 처리되고 내 자리에 후임자가 정해졌다. 그에게 인수인계 하는 순간에도 실감이 나지 않았다. 팀원들이 시행착오를 덜 겪었으면 하는 마음에 하나라도 더 알려주고 가고 싶었다. 그 이유는 그동안 함께 일하면서 더 많은 것을 알려주지 못한 것에 대한 미안함과 그동안 함께 고생한 이들에 대한 내 마지막 의리이기 때문이다. 그동안 고심하며 작성한 서류 파일들을 인수자 컴퓨터로 옮기는 시간은 불과 한 시간이 채 걸리지 않았다. 순식간에 옮겨지는 것을 보며 21년이라는 시간이 아무것도 아니었다는 생각에 참 허무했다. 책꽂이에 있는 파일철을 정리하면서 처음 기획서를 쓸 때 막막했던 순간, 어느 재단에 제출했던 기획서가 선정된 소식에 기쁜 나머지 상사와 함께 손잡고 소리 질렀던 순간, 기획한 행사를 신바람 나게 진행한 순간들이 생생하게 떠올랐다.

행사 당일에는 평상시보다 한 시간 일찍 출근해 동료들과 합심하여 행사를 준비하면서 풍성하게 별문제 없이 진행될 수 있도록 긴장의 끈을 놓지 않았다. 시설장애인들이 즐겁게 행사에 참여하고 끝난 후 나에게 오늘 하루 참 행복했다고 고마움을 전하면 힘들어도 사회복지 현장에서 묵묵히 일하는 내가 참 좋았다. 이곳에서 정년을 바라보며 일했기에 이들을 더 오랜 시간 볼 수 있을 거라고 생각했다. 하지만 내 생각과는 달리 조금 빠르게 이들과 헤어지게 되었다. 끝까지 책임을 다하지 않았다는 사실에 내 마음이 무거웠다. 앞으로 함께 할 수 없다는 사실에 그동안 이곳 장애인이 원하는 것들을 좀 더 세심하게 들어주고 반영해서 서비스를 지원해 주지 못한 것이 아쉬움과 후회로 남는다.

나는 그들의 눈빛, 표정, 목소리를 오래 간직하도록 내 마음의 눈에 차곡차곡 담기로 했다. 아침에 출근하면 시설장애인이 현관에 있는 신발장에서 나의 실내화를 꺼내 주며 반갑게 맞이해 주고 인사를 나누는 시간이 얼마 남지 않았다. 사회복지사로서 그들에게 서비스를 지원했지만, 오히려 내가 그동안 과분한 사랑을 받았다. 이들이 행복하게 살았으면 좋겠다. 나의 욕심일 수 있겠지만, 이곳에 있는 장애인들이 '백순심'이라는 사람을 오랫동안 기억해 주었으면 좋겠다.

그곳에서 온 마지막 문자

　매달 25일이면 월급이 들어온다. 21년 전 나의 첫 월급은 120만 원이었다. 첫 달은 명절 수당이 포함되어 100만 원을 약간 넘었고 그 당시에는 수당에 따라 80만 원에서 120만 원 사이에서 왔다 갔다 했다. 적은 액수였지만 직장인이라는 타이틀을 단 내가 자랑스러웠다. 장애가 있는 내가 부모님으로부터 독립하여 돈을 벌 수 있다는 사실에 뿌듯했다. 그때만 해도 월급을 통장 입금이 아닌 현금으로 받았다. 두둑한 월급봉투를 잡는 순간 속이 꽉 찬 기분이었다. 더 정확하게는 '나도 내 밥벌이는 할 수 있다'라는 생각에 벅찼다. 첫 월급을 받은 그 날, 만 원짜리 지폐 120장을 방바닥에 펼

쳐가면서 열두 번도 더 넘게 세워 보았다.

마지막 급여가 입금되었다는 문자에 찍힌 금액을 한참이나 쳐다보았다. 마지막 월급은 첫 월급의 네 배 정도 오른 금액이었다. 숫자를 보는 순간 직장을 그만둔 것에 몇 초간, 미련이 남았다. 이제는 아이들이 원하는 것을 풍족히 다해 줄 수 없다는 생각에 미안함이 올라왔다. 그로 인해 움츠러드는 마음은 어쩔 수가 없었다.

다시 똑같은 상황으로 돌아간다면 사표를 내지 않고 참고 다녔을까? 생각도 해보았지만 솔직히 말해서 자신은 없다. 그때로 다시 돌아간다 해도 나는 지금과 같은 선택했을 것 같다. 그 상황을 견딜 자신이 없다. 월급은 나의 역량으로 일한 대가이기도 하지만 정신적인 에너지를 고갈 당하는 비용도 포함되어 있다. 시간이 갈수록 내 정신은 피폐해졌고 주변과 나를 살필 마음의 여유가 사라져갔다. 나를 잃어도 좋을 만큼 가치 있는 것은 없다. 지금 내게 필요한 것은 일을 그만두고 힘을 되찾는 것이다. 나의 회복이 우선이기에 나를 먼저 보듬어주기로 했다. 그렇게 결론을 내리고 나니 돈에 대한 미련이 사라졌다. 돈이 주는 안락함보다는 나를 사랑하기 위해 퇴사를 선택하는 것은 용기 있는 일이다. 직장을 그만두므로 오는 위험과 미래에 대한 불안함까지 감당할 수 있는 용기와 '중도에 포기했다'는 꼬리표가 두렵지 않을 만큼 나는 성장했다.

사람들은 아이들이 한참 크는 시기에는 돈을 벌어야 한다고, 회사를 그만두는 것은 어리석은 일이며 참는 게 미덕이라고 말한다. 하지만 돈을 벌기 위해 직장을 다니며 나를 잃어가면서까지 지켜내야 하는 것이 있을까? 돈을 벌어야하는 이유가 아이들 때문인지도 생각해 보았다. 아이는 지키는 대상이 아니라 사랑해야 할 상대이다. 엄마가 아이를위해 힘들어도 참으며 일하는 것이 사랑의 증표로 볼 수 없다. 나는 우리 아이들에게 엄마가 자신들을 위해 희생했다고 기억되는 것이 싫다. 대신에 자신을 사랑한 행복한 엄마로 기억되고 싶다.

잠자리에 들기 전에 급여가 찍힌 문자에 답장을 썼다. 마흔 중반에 새출발하는 게 불안한 나에게 '괜찮다'고, '두려워하지 말라'고, '너를 위해 잘한 선택이니 앞으로의 인생을 응원한다'고 메시지를 작성하여 나에게 전송했다. 그렇게 나를 다독였다. 다음 날 아침에 눈을 뜨고 메시지를 읽으면 하루를 시작할 힘을 얻을 수 있을 것 같았다.

지금의 나는 '불안함'이 나를 성장시키는 동력이 될 것이다. 내 인생의 터닝 포인트가 될 지금 더디더라도 그렇게 한 걸음씩 나아가다 보면 조금은 성장해 있을 나를 기대해 본다.

'나의 아저씨' 이젠 안녕!

직장 상사를 잘 만나면 전생에 나라를 구한 사람이라고 말한다. 내가 나라를 구한 것은 아니겠지만 좋은 상사와 일했다. <나의 아저씨>라는 드라마에서 이지안(아이유)의 상사 박동훈(故 이선균)은 이지안에게 "네가 잘못한 일을 알게 되어도 모른 척하겠다"고 말한다. 그 말은 빈말이 아니었고 이지안이 어떠한 행동을 해도 이해하고 진심으로 응원한다.

이지안은 자신을 대하는 박동훈의 행동을 보고 "바르게 살고 싶다"고 말한다. 나에게도 그런 상사가 있었다. 퇴사한 직장의 원장이 그랬다. 내가 잘하건 잘못하건 다른 이에게 신뢰를 받으며 일하는 건 축복이다. 원장은 장애가 있어 느린 나를 재촉하기보다는 내 능력으로 일하도록 믿고 기다려 줬고, 일할 수 있게 배려했다. 또 점심시간에 내 식판을 들어줄 만큼 따뜻한 분이었다.

직장을 다니다 보면 갈등은 기본값이다. 그 갈등은 해결되기도 하고 풀리지 않은 채로 오랜 시간이 흐르기도 한다. 나는 장애로 인해 동료들과 원장에게 배려를 받으며 일했다. 그 고마움을 알기에 (투덜거리기는 했어도) 직장에서 내가 할 수 있는 부분에서 최선을 다해 일했다. 원장 또한 그 부분은 인정해 주었다. 동료의 배려, 원장의 인정 그리고 직장에 대한 나의 충성하는 마음이 모여 21년간 직장을 다닐 수가 있었다.

직장에서 부서 간의 인사이동으로 인해 갈등이 생겼다. 그 문제를 해결하고자 한 자리에 모였다. 서로 이야기하는 과정에서 원장이 회의 자리에 모인 사람들에게 "내가 그동안 백주임이 장애가 있어 좀 더 편하게 일하도록 배려했다"고 말했다. 그 말을 듣는 순간 내가 그동안 직장에서 이룬 성과와 노력이 나의 장애로 깡그리 뒤덮인 기분이었다. 원장은 나에게 따로 이야기하기를 나에게 화가 난 직원의 마음을 달래기 위한 것이며, 내가 자신의 본마음을 이해할 수 있을 거라는 믿음이 있었다고 말했다. 하지만 원장이 쓴 방법은 그 누구에게도 통하지 않았다. 어쩌면 그동안 장애로 인해 사람들에게 받은 상처가 쌓여있는 상태에서 원장의 그 말 한마디에 컵에 물이 넘쳐 흐른 것처럼 나의 상처가 흘러넘쳤다. 어떤 이는 이제는 '장애'를 받아들일 때도 되지 않았냐고 하지만, 수용과 상처는 다르다. 수용은 타인에 의해 받아들여지는 감정이 아니다. 오로지 내가 받아들일 수 있는 범위와 정한 기준에서 가능한 일이다. 특히나 다른 누군가가 나의 장애를 이용하여 말하는 것을 용납하는 건 나의 정체성과 나 자신을 지키는 것을 포기한다는 뜻이다. 나에게 선한 의도로 조언한 사람에게 당신에게 있는 상처를 건드리면 아무렇지 않은지에 대해 묻고 싶다. 상처는 무뎌지기는 하나, 언제든 건드리면 아픔이 느껴지는 생채기와도 같다.

원장의 위치에서 조직을 원활하게 이끌어 가기 위함이었다고 이해는 하지만, 나는 치욕과 모멸감을 느꼈다. 모든 사람에게는 건드리면 안 되는 것이 있다. 원장은 나를 신뢰한다는 이유로 나의 상처를 건드렸다.

만약 20대, 30대의 나였다면 장애에 대한 상처를 건드렸어도 내가 장애인이라는 그 자체가 잘못이라는 생각에 참았을 것이다. 하지만 지금의 나는 그 어느 것보다 내가 소중하다. 다시는 직장 생활을 하지 못한다고 할지언정 더는 장애로 인한 상처를 받으며 일하고 싶지 않다.

나를 잃어가면서 직장에서 얻는 성취는 아무 의미가 없다. 갈등 해결을 위해 나를 이용한 사실에 내 자존감이 무너졌다. 내가 수십 년간 가졌던 원장에 대한 신뢰는 깨졌다. 원장이 그동안 나를 배려한 동시에 내 능력 또한 높게 평가한다고 믿었다. 하지만 그건 나만의 착각이었을 수도 있다.

원장이 있었기에 내가 이만큼 성장하였음은 인정한다. 그러나 이제는 '나의 아저씨'에서 이지안이 박동훈의 그늘에서 벗어나 홀로서기를 하듯 나 역시 '나의 아저씨'였던 원장과 이별할 시기가 왔다.

지금도 사회복지 현장에서 일할 기회가 생긴다면 일하고 싶다. 사회복지 현장에 속해있는 내가 좋다. 그 속에서 나의 가치를 알았다. 하지만 존중받지 않는 곳에서 일하고 싶은 마음은 없다. 나의 가치는 꼭 직장이 아니어도 찾을 수 있다. 그렇게 생각하니 직장 밖의 세상은 더 넓었다.

못 버틴 것에 대한
일말의 괴로움

직장에는 언제나 갈등이 있고, 많은 문제가 발생한다는 것은 당연하다. 아마도 대부분의 직장인은 매일 아침, 이 직장을 계속 다닐 것인지 말 것인지 고민하며 출근할 것이다.

직장 밖에 있는 내가 상상되지 않았다. 내 사전에는 중간 퇴사는 없으며 예전에는 힘들어도 견디는 것이 정답이라고 생각했다. 무엇보다 장애로 인해 재취업이 어려울 것이라는 불안감에 버텼다. 그 세월이 자그마치 21년이다. 그런데 퇴사를 결심하고 움켜쥐고 있던 불안감을 막상 내려놓으니 아무렇지 않아 허탈감마저 들었다.

지금도 가끔 그만둔 직장에서 일하고 있는 꿈을 꾼다. 퇴사가 잘한 선택이었다는 생각과는 달리 그곳에 아직 미련이 남아서 꿈을 꾼다고 생각했다. 그런 꿈을 꾼 아침이면 못 버티고 나온 나를 자책하고 괴로워했다. 남편은 21년이면 많이 버텼기에 퇴사가 잘못된 선택이 아니라 더 나은 삶을 살기 위한 것이라고 다독여 주었다. 그 말이 큰 위로가 되었다. 그 당시 나는 직장에서 생긴 갈등을 해결하기 위해 인지치료 상담을 받고 있었다. 나를 상담한 상담가가 그건 전 직장에 대한 미련이 남아서가 아니라 많은 시간을 함께하였기에 잔상으로 남아 있는 것이라고 했다. 인생의 반을 차지한 그곳과 단번에 끝내는 것이 쉬운 일이 아니라며 누군가와 헤어지는 일도 시간이 필요하듯이 직장 생활을 마무리하는 과정도 정리할 시간이 필요하다고 했다. 그 말을 들은 후 지금의 감정이 잘못된 것이 아니며 자연스러운 것임을 인정했다. 물 흐르듯이 그 감정을 놓아줄 생각이다.

이전에는 장애가 있는 내가 나의 존재를 증명하는 길은 번듯한 직장에서 일하는 것이라고 믿었나. 사회복지사를 천직으로 알고 일했다. 지금은 꼭 사회복지 현장이 아니더라도 작가로서 글을 쓰고 장애에 대한 인식을 변화시키는 활동 등 내가 할 수 있는 일이 무궁무진하다는 것을 안다. 남들에게 없는 '장애'라는 무기가 있기에 더 잘할 자신이 있다. 그 무기는 다른 사람이 아닌 나만 할 수 있는 일이다. 나만의 브랜드다.

　퇴사가 낙오자나 패배자를 뜻하는 건 아니다. 나는 악을 악으로 갚는 것도 싫고 직장 동료에 의해 내 삶이 좌지우지 흔들리는 것도 싫다. 주체적으로 살고 싶어서 직장에서 나왔다. 간혹 사람들이 퇴사한 것에 대해 후회하지 않냐고 묻는다. 앞으로 일정한 수입이 보장되지 않고 사회복지 현장에서 일하지 못하는 것, 퇴사할 때 하고 싶은 말을 다 하고 나오지 못한 것은 아쉽다. 그러나 지금 나의 생활이 좋다. 예전에 비해 경제적 자유는 사라져 매월 통장 잔액을 보고 흠칫 놀라지만, 일을 잘 해내어야 한다는 부담감과 인간관계에 대한 자유로움에 만족한다. 이처럼 잃는 것이 있으면 얻는 것도 있다.

　예전에 나는 혼자인 것을 두려워했다. 직장 생활을 유지하는 이유는 사람들과 단절되지 않기 위한 몸부림이었을지도 모른다. 이제는 더 이상 많은 인간관계에 목숨 걸지 않는다. 요즘은 문득 내 생각이 나서 안부를 물어주는 몇 명의 사람들로 인해 행복하다. 직장생활하면서 많은 이들의 기분을 맞추느라 내 에너지를 빼앗겼다. 오히려 군중 속에서 더 외로웠다. 인간관계는 애쓰지 않아도 자연스럽게 맺어진다. 인간관계의 풍성함은 인원에 비례하지 않는다. 이제는 혼자 노는 재미를 알았다. 그 시간에 나의 내면을 채우고 있다. 나의 가치관이 일 중심에서 나로 변했다.

　내가 선택한 이 길에 후회를 남기지 않으려면 앞으로의 삶을 잘 살면 된다. 재취업되지 않는 것에 낙담하기보다는 어차피 주어진 상황을 즐기기로 했다. 그동안 하고 싶었던 일을 도장 깨기 하듯이 해나갈 볼 계획이다. 이제껏 무언가 해내는 것으로 나를 증명했다면 존재만으로 가치 있는 것임을 보여주고 싶다.

인간관계에도
다이어트가 필요하다

직장에서 자신이 맡은 업무보다 직장 동료와의 관계에서 받는 스트레스가 더 큰 경우가 많다. 일로 엮어져 있기에 자신과 성향이 맞지 않거나 불편한 사람도 얼굴을 봐야 한다. 하루의 대부분을 직장에서 보내므로 나와 마음이 맞는 동료를 만나는 것은 큰 축복이다.

퇴사한 후 직장에서 운영하는 밴드 탈퇴와 핸드폰에 저장된 직장 동료의 연락처를 제일 먼저 정리했다. 남길 사람과 그렇지 않을 사람을 분류했다. 정리의 기준은 업무적인 일을 제외하고는 연락할 일이 없는 사람과 업무 외적으로도 계속 연락할 사람으로 나눴다. 정리하고 나니 연락처에 남는 사람이 그리 많지 않았다. 왠지 모르게 홀가분했다.

연락처를 정리했다고 해서 이들과 인연이 무 자르듯이 끝나는 건 아니다. 문득 내 생각이 나서 전화했다고 하면 고마운 일이고 설령 나를 잊는다고 해서 슬퍼할 일도 아니다. 직장 동료로서 함께 웃고 힘들 때 격려하며 힘을 합쳐서 일했던 그 순간이 지금의 나로 성장했다. 그들이 나의 시절 인연이었음에 감사하다.

몇 년 전에 남편이 당뇨로 인해 불가피하게 체중감량과 식단 조절을 했다. 매일 달고 살던 음료수도 굳이 마셔야 한다면 제로 음료수만 먹고, 라면도 건면만을 고집한다. 내 입장에서는 야식 친구가 사라진 게 제일 아쉽다. 이처럼 사람들은 자신의 몸이 아프다는 신호나 체중감량이 필요하면 굳은 결심으로 다이어트한다. 그에 반면 인간관계에서는 '나만 참으면 된다', '좋은 게 좋은 거다'라는 마음으로 버틴다. 그로 인해 자신의 마음과 몸이 병이 드는 것을 눈치채지 못한다.

인간관계도 다이어트가 필요하다. 눈에 보이지 않는다고 해서 외면하면 안 된다. 나와 상대방 사이에 건강한 관계를 유지하지 못한다면 정리할 필요가 있다. 그 사실을 알지만, 그것을 행동으로 옮기기까지는 쉽지가 않다. 나는 사람과의 관계를 잘 유지하기 위해 애쓰고 집착했다. 그런 행동은 당장 인간관계에서의 갈등은 진화할 수 있지만 언제든지 폭발할 불씨가 남아 있다. 한쪽이 매달리는 관계는 균형이 깨지기에 서로가 힘들다.

지금 와서 돌아보면 '풍요 속에 빈곤'이라는 말이 있듯이 내 주위에 사람이 있어도 외로웠다.

외로움은 사람이 주는 것이 아니라 내 안에 있었다. 나의 내면을 단단히 다지는 것이 주변 사람의 기분을 맞추는 것보다 더 중요하다는 것을 깨달았다. 내면이 단단한 사람은 외롭지 않기에 혼자서도 잘 보낸다. 진정한 고독을 즐길 수 있는 사람이다. 어쩌면 지금 내게 주어진 시간이 고독의 참의미를 알아가는 시간이 될 수도 있다.

인간관계는 영원하지 않다. 계곡에 물 흐르는 것과 같다. 내 주변에 누군가가 떠나면 또 다른 누군가로 채워진다. 그 사실을 알았기에 건강한 인간관계를 유지하기 위해서 나를 소모하지 않기로 했다. 그렇게 나는 21년 만에 가감하게 인간관계 다이어트를 행동으로 옮겼다. 건강치 못한 인간관계로 나를 해치기보다는 정신적으로 건강함을 유지하는 데 도움 되는 사람들과 관계를 맺고 싶다. 나 또한 다른 이들에게 건강한 관계를 유지하는 사람이 되어 주고 싶다.

직장인으로서
마지막 마침표를 찍다

    3월 말일 자로 직장에 사직서를 제출했다. 남은 연가를 사용해야 해서 둘째 주까지만 출근했다. 마지막 출근 날에 사무원에게 퇴직연금 해지 신청에 관련된 서류를 받았다. 남편이 연가를 쓴 날에 맞춰 은행에 들러 퇴직연금과 정기적금도 해지했다. 흔히 우스갯소리로 은행에 이자를 내면 집이 은행과 공동명의라고 하는데 나는 단독 명의로 된 내 집이 있고, 적금통장에 불어나는 돈을 보는 재미로 살았다. 이제는 그 맛을 볼 수 없는 게 아쉽다. 그렇게 모은 돈으로 노후에 작은 건물 하나 사서 월세 받으며 남편과 여행 다니는 게 소원이었다. 이제는 그 꿈을 놓아 줘야 한다. 사업하는 아빠를 옆에서 보면서 자랐기에 한방에 부자가 되는 꿈을 꾼 적이 없다. 모아 둔 돈을 잃을 것 같은 불안감에 부동산이나 주식에는 전혀 관심이 없었다. 그동안 경제 공부를 하지 않고 금융 문맹으로 살아온 시간이 약간은 후회가 된다. 부디 목돈 들어갈 일이 생기지 않아 그동안 모아 둔 적금을 해지하는 일이 없길 바란다. 퇴직연금은 21년간 일했음에도 1억이 되지 않았다. 사회복지사들 사이에서 우리의 월급은 박봉이라는 말을 한다. 그래도 내 인생의 반을 일했는데 보상이 이 정도밖에 되지 않는 것 같아서 씁쓸했다. 퇴직연금은 정년퇴직 후 노후에 시설 좋은 요양원에 들어갈 비용으로 사용할 계획이었다. 중간 퇴사로 아마도 이 돈은 아이들이 대학생이 되면 등록금으로 써야 할 것 같다. 혹시나 하는 마음으로 아이들이 공부 열심히 해서 장학금으로 학교 다니는 것에 희망을 걸어 본다.

 이제는 서류상으로도 그 어디에도 직장인 신분이 아니다. 정말 모든 것이 끝났다는 생각에 사직서를 던질 때와는 또 다르게 기분이 묘했다. 이유를 알 수 없는 눈물이 찔끔 나왔다. 미래에 대한 막막함에 꿀꿀했다. 마음을 잘 헤아리는 남편이 새로운 출발의 의미로 그동안 고생 많았다며 밥을 샀다. 남편은 당분간 일할 생각하지 말고 쉼을 가져보라고 했다. 진심이 담긴 말이지만 나는 다시는 일을 할 수 없을 거라는 생각에 불안했다.

그날 밤, 잠자리에 누워 생각했다. 불안은 퇴사로 갑자기 생긴 감정이 아니라는 것을 깨달았다. 직장 다닐 때도 불안은 존재했다. 지금 정도로 현상을 유지하는 수준으로만 일하면 잘릴 것 같은 불안감은 없었다. 대신에 잘해야 한다는 업무에 대한 강박과 직장 동료들에게 나의 이미지가 안 좋게 비칠까 봐 불안했다. 불안의 종류는 다를 뿐 여러 가지 형태로 늘 함께였다. 그 불안을 어떤 방식으로 대응하느냐에 따라 커지기도 하고 대수롭지 않게 넘길 수도 있다.

나는 돌다리가 안전하다는 것을 알아도 건너기 전에 수차례 확인하고 안심이 되어야 건너는 성향이다. 그렇기에 정해지지 않은 미래에 대한 걱정이 많은 부분에 대해 상담가에게 털어놓았다. 그는 나에게 주어진 상황을 주도적으로 이끌어 가는 힘이 있기에 문제가 생기면 해결하는 능력이 있다며 너무 두려워 말라고 했다. 그 말을 듣고 난 후 생각해 보니 과거에 무슨 일이 생기면 그때그때 헤쳐나갔음을 깨달았다. 내 삶에 어려운 일이 닥쳐도 그때 가서 해결할 수 있다는 자신감과 '산 입에 거미줄 치랴'는 배짱이 생겼다. 그렇게 생각하니 조바심이 생기지 않고 마음에 여유가 찾아왔다.

명함의 새로운 무게

퇴사하면서 집으로 들고 온 사무실 짐을 풀었다. 물건을 정리하던 중에 명함이 나왔다. 이제는 쓸모가 없어진 종이 뭉치에 불과했다. 영업직이 아니어서 명함을 크게 쓸 일이 없었다. 기껏해야 교육가면 거기서 만나는 사회복지사들 간에 주고받거나 프로그램을 진행하기 위해 외부 관계자에게 주는 경우가 전부였다. 수백 장이 넘는 명함을 한 장 한 장 찢으면서 많은 감정이 오갔다. 입사하면서 처음 명함 받았던 날은 새출발을 의미했다. 직급이 오르면서 명함을 교체했던 날은 열심히 일한 상징과도 같았다.

명함 곽에 쌓여있던 명함이 점점 사라지는 게 내 존재가 모래성처럼 부서지는 것 같았다. 그전까지는 명함 한 장의 위력을 몰랐다. 더 이상 내가 어딘가에 소속되어 있지 않다는 사실이 세상에서 나만 홀로 떨어져 낙오자가 된 기분이다. 전 직장을 생각하면 가슴이 아리지만, 내 인생의 반을 차지했기에 차마 다 찢지 못하고 몇 장을 남겼다.

소속된 직장이 사라졌다고 해서 내가 가진 모든 것이 사라진 건 아니다. 나를 드러낼 수 있는 정체성 중 '직장인'이라는 타이틀만 사라지고 장애인과 비장애인 사이를 이해시키는 다리의 역할을 하는 소통가, 두 아이의 엄마 등 나머지 역할은 유효하다. 앞으로 내가 가지고 싶은 브랜드로 '작가', '장애인 인식 전문강사', '장애인 인식개선 프로그램 기획자'라는 타이틀로 명함을 만들었다. 명함에는 '다름이 아닌 같음의 가치를 추구하는 백순심'이라고 새겼다. 그 문구는 내가 앞으로 살아가는데 삶의 목표이기도 하다. 그 문구대로 현실로 이루어지도록 나만의 확언처럼 아침마다 읊조린다.

그동안 명함은 내가 어느 직장에 속해있다는 증표였다.

이제는 명함에 새겨진 문구처럼 내가 앞으로 나아가야 할 삶의 목표이자 다짐이다. 사람들이 내 명함을 버리지 않고 연락하도록 만드는 것이 나에게 주어진 과제이다. 그렇기 위해서는 한번 강의한 곳과 협업으로 프로그램을 진행한 곳에서 나를 다시 찾도록 진심으로 일할 것이다.

주어진 일만 하는 직장인에서 스스로 필드를 개척해야 한다. 적극적으로 명함을 돌리고 사람들에게 나를 알려야 한다. 수동적인 내가 능동적으로 변해야 하는 시기다. 프리랜서의 기본은 부지런함이다. 그렇게 명함의 무게는 달라졌다.

불과 몇 달 전까지만 해도 내향인인 나는 프리랜서가 내 성향과 맞지 않는다고 생각했다. 그렇기에 그 길은 한 번도 생각해 본 적이 없다. 다른 곳으로 입사하고자 할 때 21년의 경력과 장애가 걸림돌이 된다. 지금 상황에서는 프리랜서 생활이 최고의 선택이다. 선택의 여지가 없다는 의미는 그 분야에서 열심히 할 수밖에 없는 힘의 원천이 된다. 지금 내 눈앞에 있는 500장의 명함이 다 소진되었을 때쯤이면 내 길이 어느 정도 닦아져 있을 거라는 생각이 든다.

눈에 띄는 성과가 목표가 되는 순간 원래의 본질이 흐려진다. 나는 이 일을 통해 사람들과 호흡하며 함께 가고 싶다. 조급한 마음 대신 천천히 가더라도 오랫동안 즐기면서 이 일을 하고 싶다. 이것이 나의 프리랜서 생활에 임하는 태도이다.

"잘 지내냐?"는 그의 안부 전화

　　퇴사를 하면 한두 명의 직원을 제외하고는 왕래가 없을 것이라고 생각했다. 내가 먼저 사람들에게 연락하는 성정이 아니다. 오죽하면 친구들에게 전화하면 첫 마디가 무슨 일 있는지, 이번 휴가 때 고향 내려올 계획인지를 묻는다. 그런 나의 성격탓도 있지만, 직장으로부터 받은 상처가 다 아물지 않은 상태에서 직장 사람들과 연락을 주고받는 게 썩 내키지 않았다. 그런 나에게 잊을만하면 안부 전화가 오는 이, 내 생일에 기프티콘으로 감동을 주는 이, 밥을 사준다며 시간을 내어 나를 만나러 오는 이도 있다. 어떤 선생님은 내가 좋아했던 시설장애인과 영상통화도 걸어주고 근황도 알려준다. 시간과 마음을 내어주는 그들에게 직장 다닐 때 좀 더 잘해 주지 못한 사실이 후회가 된다.

이들 가운데 원만하게 지낸 이도 있고 얼굴만 보면 으르렁거린 동료도 있다. 지나고 보면 별일 아닌데 그 당시에는 왜 그리 핏대를 세우며 싸웠을까 싶다. 이제껏 내가 동료들을 색안경 끼고 바라보고 다른 부분을 보고자 노력하지 않았다는 생각이 든다. 다른 이면을 보았다면 우리 관계가 좀 더 유하지 않았을까? 종종 안부 전화를 하는 선생님의 말대로 더 이상 이해관계가 아니라서 좀 더 가벼운 마음으로 관계를 이어갈 수 있지 않을까.

가끔 그들로부터 들려오는 전 직장의 소식은 불과 몇 달 전만 해도 내가 겪었던 일이다. 지금은 아득히 멀게만 느껴진다. 그 속에서 있을 때 심각했던 상황이 이제는 소설 이야기처럼 가벼운 에피소드 같다. 전쟁터와 같은 곳에서 치열하게 살아가고 있는 그들이 짠하다. 나에게 하소연하는 그들에게 퇴사하고 나랑 놀자고 악마처럼 꼬드기고 싶다.

그들로 인해 내가 직장 생활을 그리 나쁘게만 하지 않은 것 같아 안도감을 느낀다. 시간이 지나면 서로가 공유할 수 있는 부분이 사라지기에 자연스레 연락이 뜸해질 것이다. 그때는 책 속에 곱게 말려 둔 나뭇잎을 꺼내 보듯이 지금의 고마움을 조심스레 꺼낼 볼 생각이다.

　나는 직장 내에서 인간관계를 잘 유지하지 못했고 서툴렀다. 본래 성격은 직설적인데 상대방에게 상처가 될까 봐 말하기를 주저한다. 꾹꾹 눌러 참다가 갑자기 말하는 스타일이라 사람들은 당황해 한다. 결국, 내 감정을 잘 숨기지 못해 사람들에게 상처를 준다. 이러한 모습은 직장 생활에서는 마이너스다. 또한, 다른 사람의 마음을 헤아리는 기술도 부족하여 관리자로서의 자질도 부족하다. 업무 중심형인 나와 달리 관계 중심형인 다른 부서의 팀장은 항상 주변에 사람이 많았다. 도움이 필요하면 말하지 않아도 사람들은 그를 도왔다. 그가 부럽기도 하고 질투도 났다. 분명 배울 점이 많은 동료다. 부러우면 거울삼아 배우면 되는데 괜한 심술로 어깃장을 부렸다. 그 대신 나는 일로서 성과를 냈다. 팀원들에게 표면적으로는 업무를 잘하는 것은 직장인으로 당연한 의무임을 강조했지만, 깊숙이 숨겨진 본심은 그게 아니다. 나의 실력을 증명하고자 팀원들을 재촉했다. 그런 나에게 불만도 있겠지만 따라와 주는 팀원들이 내 눈에는 예뻤다. 주도적으로 충분히 일할 수 있는 역량을 가진 팀원들인데 나의 욕심으로 그들을 너무 닦달했다. 지금에 와서 돌아보니 그들이 힘들었겠다는 생각에 참으로 미안하다. 나에게서 지금이라도 해방된 그들의 입장에서 볼 때 얼마나 다행스러운 일인가 싶다.

오늘은 종종 안부 전화를 걸어주는 선생님의 소식이 궁금하다. 늘 자기가 먼저 전화한다고 볼멘 목소리를 하는 그에게 쑥스럽지만, 이번에는 내가 먼저 선생님의 안부를 묻는 전화를 걸어봐야겠다.

'수고했다'는
그 한마디가 듣고 싶었다

사표를 내고 나서 친정엄마에게 회사를 그만두었다고 말했다. 친정엄마의 첫 마디는 "좀 더 다니지? 그동안 네가 고생해서 쌓아온 커리어를 어떡하냐"는 말이었다. 이제 네 나이대를 받아주는 데가 있냐고 걱정을 했다. 친정엄마도 이제는 되돌릴 수 없다는 것을 깨달은 후부터는 아이를 집에서 키우는 것도 나쁘지 않다고 말하면서도 못내 아쉬워했다. 그 아쉬운 마음에 글쓰기 범위를 좀 더 확장시켜 봐라, 공부를 더 해 보는 것을 제안했다. 엄마의 말을 들으면서 나도 이제 쉬고 싶다는 말이 목구멍까지 올라왔다. 친정엄마역시 나처럼 무언가를 이뤄야만 성취감을 느끼는 스타일이라 손 놓고 지내겠다는 딸이 불안했을 것이다. 장애가 있지만 사회생활 하는 딸이 친정엄마에게는 자랑이라는 것도 안다.

친정엄마 입장에서는 장애로 인해 남들보다 힘들게 공부해서 들어간 직장을 놓은 게 안타깝게 여겨졌을 것이다. 당신처럼 내가 경제력이 없어 남편에게 위축될까 봐 걱정되어서 하는 말이라는 것도 안다. 하지만 지금은 그저 쉬고 싶고, 지쳐있는 딸의 상태를 외면하는 친정엄마에게 화가 났다. 친정엄마가 시키는 대로 절대로 하지 않겠다는 오기가 생겼다. 조바심에 재촉하기보다 '아주 힘들었구나', '잘했어. 고생했으니 이제는 좀 쉬어'라는 말을 듣고 싶었다. 안타까움과 위축감 등 부정적인 감정은 외부에 의해 느껴지는 게 아니라 내가 어떻게 생각하는가에 따라 달라질 수 있다고 생각한다. 친정엄마의 말처럼 꼭 무엇을 해야만 사람다운 건 아니라고 본다. 행복할 수만 있다면 아무것도 하지 않아도 상관없다고 생각한다.

친정엄마에게 어릴 적부터 네가 장애가 있지만 앞서 나가기 위해 노력해야 한다고 귀에 딱지가 앉을 정도로 들었다. 자기 딸이 장애인이라는 이유만으로 무시당하는 게 염려스러워하는 말이라는 것을 안다. 나도 그 말에 동의했기에 열심히 살았다. 하지만 내가 원하는 위치에 올라가도 마냥 행복하지 않았다. 내가 얻은 것을 지키기 위해 너무나 애쓰며 살았다. 이제는 무언가를 성취해서 얻는 기쁨, 그리고 남들보다 더 많이 가지는 것은 이제 나에게는 중요하지 않다. 그냥 내 안에서 우러나오는 행복을 누리고 싶다.

그 누구보다 내 앞날에 불안을 느끼는 것은 나다. 친정엄마의 말대로라면 나는 다니던 직장을 나오지 말아야 했다. 하지만 퇴사 후 불투명한 미래, 경력 단절에 대한 불안 때문에 꾸역꾸역 다니고 싶지 않았다. 어느 선택을 하던 후회는 남지만 나는 조금 더 행복한 것을 택했다.

지금 나는 충분한 쉼이 필요하다. 사람들은 지금은 쉬는 타임이 아니라고 한다. '왜 그럴까?' 아이들이 한창 크는 시기라 돈이 많이 들어가는 때라서? 그것도 아니면 지금부터 놀기에는 너무 젊기 때문일 수도 있다. 하지만 쉬는 시기가 정해져 있지 않다. 나의 에너지가 고갈되어 버틸 힘이 없다는 신호를 보내는 그때 쉬어야 한다. 그 누구도 아닌 나를 위해서다. 내가 행복해야 다른 사람의 행복도 챙길 수 있다.

    우지현 작가가 쓴 『풍덩』에는 휴식은 "삶을 의미 있게 만드는 소중한 거야"라는 말이 나온다.[1] 책에서 나온 말처럼 나는 인생을 무의미하게 보내는 것이 싫어서 퇴사했다. 지금 나는 깊은 휴식을 취하면서 나의 삶을 의미 있게 가꾸고 있다.

    엄마에게 나는 지금이야말로 행복하니 너무 걱정하지 않아도 된다고 말하고 싶다.

2부

저는 지금 잘 놀고 있습니다

퇴사 후 통잠을 자게 되었다

퇴사하기 4개월 전부터 스트레스가 최고조를 찍었다. 머릿속에 직장에서의 문제들이 떠나지 않았다. 일에 집중되지 않았고 상황 판단이 흐려졌다. 시간이 갈수록 나의 감정은 널뛰기처럼 컨트롤하기가 어려웠다.

나는 머리만 대면 누가 업어가도 모를 정도로 어디서든 잠을 잘 잔다. 그런 내가 하루에 2시간을 채 자지 못했다. 그마서노 꿈속에서조차 직장에서의 갈등으로 깊게 잠을 잘 수가 없었다. 10시에 잠자리에 들면 2시간 뒤인 자정에는 어김없이 눈이 떠졌다. 그렇게 아침까지 뜬눈으로 밤을 지

새웠다. 옆에서 자는 남편의 수면이 방해될까 봐 어둠 속에서 의미 없이 핸드폰 화면만 쳐다봤다.

아침마다 퀭한 눈으로 일어났다. 출근하는 길이 끔찍했고, 직장 입구에 들어서면 숨이 턱 막힐 정도로 괴로웠다. 맛집을 찾아다니며 먹을 정도로 먹는 것에 진심인 내가 밥을 먹어도 속만 더부룩하고 아무런 맛이 느껴지지 않았다. 피폐해진 나를 더 이상 두면 안 되는 지경까지 왔다. 결국, 대학원 다닐 때 지도교수가 운영하는 상담소에 찾아갔다. 지도교수는 사람들의 심리가 공격의 대상이 강하면 약한 자에게 화살을 돌린다고 했다. 힘든 상황과 사람에게 맞서지 말고 견디라고 했다. 약해 보이는데 쉽게 꺾이지 않는 나를 사람들이 싫어할 수도 있다고도 했다. 상담을 받고 돌아오는 날에는 힘이 났다. 그러나 그 에너지는 하루도 가지 못했다. 매일 매일 무너졌고 벗어나고 싶다는 생각으로 머릿속이 가득 찼다. 이러한 상황을 견디는 것이 과연 옳은 선택인지 의문이 들었다.

제대로 된 잠을 자고 음식을 음미하며 먹고 싶었다. 정상적인 일상을 되찾고 싶은 마음이 간절했다. 그렇게 퇴사를 결심하고 나의 결정을 남편에게 말했다. 그는 그동안 고생했다며 잠이라도 푹 자라며 나의 결정을 수용해 주었다. 가족에 대한 책임감을 남편 홀로 감당하게 한 것 같아 미안했다.

회사에 출근하지 않은 첫날 밤에 10시부터 다음 날까지 한 번도 깨지 않고 잤다. 더는 가슴이 불이 난 것처럼 뜨겁지도, 불안하지도 않았다. 모처럼 만에 개운함을 느꼈다. 남편은 푹 자고 일어난 나를 보더니 이제 좀 살 것 같은지 물었다. 괴로워하는 나를 옆에서 지켜본 남편도 그동안 말은 하지 않았지만, 그 나름대로 힘들었을 게 짐작되었다. 더는 직장 문제로 퇴근해서까지 시달리지 않아도 되었다. 잠을 잘 수 있다는 것은 안정적인 수입보다 삶의 질을 훨씬 높여 줬다.

퇴사로 인해 나의 일상은 천천히 회복되고 있다. 날이 좋은 날에는 햇볕을 받기 위해 산책하러 나간다. 두 발을 땅에 디디며 걸으면서 나의 내면을 들여다보며 다독인다. 자연은 나를 회복하게 만든다. 때로는 친한 언니를 만나 브런치를 먹는다. 그와 일상을 나누면서 웃고 있는 나를 발견한다.

소소하게 주는 감동들로 나의 삶을 긍정적인 에너지로 다시 채우고 있다.

나는 직장 생활을 할 때 업무에 성과를 내고 책임감 있게 일하고 싶은 욕심이 있었다. 하지만 다른 사람과의 갈등이 생기면 피하자는 생각을 하고 있었기에 상대방을 이겨야겠다는 마음은 없었다. 어쩌면 그 갈등이 싫어서 퇴사를 선택한 것일 수도 있다. 힘든 직장 생활을 견뎌내는 게 승리자이고 퇴사자가 패배자라고 말한다 해도 나는 지기로 했다. 승리를 통해 얻어지는 게 내 영혼을 갉아먹는다면 무슨 의미가 있을까. 나는 단지 사람답게 살기 위해 퇴사를 선택했다.

"엄마, 이제 백수야?

그럼, 우리 이제 뭐 먹고 살아?"

아이들에게 엄마는 이제 직장에 다니지 않기로 했다고 말했다. 적잖게 놀라는 표정이었다. 누리는 "엄마, 이제 백 수야? 그럼, 우리 이제 뭐 먹고 살아?" 마루는 "그럼, 할머 니는 이제 내려가시는 거야?"라며 물었다. 가끔 원고료와 강의료가 나오기 때문에 정확히 말하면 백수는 아니라고 했다. 그러자 누리가 그렇게 버는 돈은 얼마인지 물었다. 현 실적인 누리의 기습적인 질문에 어물쩍거리고는 내답하지 않다. 종종 뼈 때리는 말로 나를 당황케 만든다. 아들이 그렇게 말해서 다행이지 만약 남편이 그렇게 말했다면 정 말 서러웠을 것 같다. 다만 감정보다는 팩트 위주로 말하는

누리로 인해 미래의 며느리가 상처받을까 봐 살짝 걱정이
된다.

　주말에 누워 있는데 마루가 인터넷 검색창에서 '면접 잘
보는 법'을 검색해서 보여 주었다. 그러면서 면접을 잘 봐서
재취업에 꼭 성공했으면 좋겠다고 했다. 또한, 면접관에게
월급 적게 줘도 괜찮으니 일하고 싶다는 말을 꼭 잊지 말라
고 신신당부했다. 그러면서 자신이 하나님께 엄마가 다시
일할 수 있게 해 달라고 기도하고 있다고 말하는 마루의 눈
빛에서 간절함이 묻어 있었다. 예전에 육아 휴직을 했다가
복직한 선생님이 아이가 자신에게 언제 출근할 거냐고 물
었다는 말에 한바탕 웃었던 기억이 났다. 내가 그 선생님의
입장이 될 줄 몰랐다. 엄마가 일하기를 바라는 아이들에게
내가 집에 있는 게 싫은지 궁금했고 그게 사실이라면 약간
은 섭섭할 것 같다. 엄마가 일하러 갔으면 하는 이유를 물어
보니 마루는 할머니와 떨어지는 게 싫기 때문이라고 말했
다. 그 말에 섭섭함이 약간 풀렸다. 예전에도 그랬지만, 역
시 난 어머님과 게임 상대가 되지 않는다는 생각이 들었다.
옆에 듣고 있던 누리는 이제는 잔소리하는 엄마 때문에 게
임도 정해진 시간만 해야 하고 할머니가 계시지 않아서 맛

있는 밥은 다 먹었다며 아쉬워했다. 맛있게 요리를 해주겠다고 장담할 수 없기에 반박하지 못했다. 다른 건 닥치면 할 것 같은데, 요리는 영 자신이 없다. 그렇다고 일품요리와 배달 음식으로만 돌려막기를 할 수도 없으니 말이다. 슬슬 요리와 친해져야 할 시기가 왔다. 자기 앞날을 걱정하는 누리와 할머니와 정서적인 교감을 많이 나눈 마루는 할머니와 이별하는 게 슬프다고 했다. 똑같은 상황임에도 다르게 받아들이는 녀석들의 모습에서 웃음이 나왔다.

두 아이가 엄마의 재취업을 원하는 것처럼 나 역시 기회가 있으면 다시 일하고 싶다. 재취업을 위해 구직 사이트에 수시로 들락거리고 면접을 보지만 합격했다는 연락은 오지 않았다. 처음에는 재취업이 되지 않아 위축되었다. 이제는 그것에 연연하지 않기로 했다. 어차피 안 되는 일에 매달리는 것만큼 괴로운 건 없다. 그냥 그 부분을 내려놓았다. 이후의 삶은 한량처럼 놀아야 하는 팔자라고 생각하니깐 마음이 훨씬 편하다.

남편은 나에게 아이들과 잘 지내는 팁을 알려 줬다. 때로는 약속한 게임 시간을 넘겨도 모른 척 눈감아 주고 아이들이 공부하기 싫은 날에는 풀어 주라고 했다. 나는 과업 중심형이라 남편 말대로 하기가 쉽지는 않겠지만, 노력할 생각이다. 또한, 아이들을 최선을 다해 키우겠지만, 아이들에게만 올인하고 싶은 생각은 없다. 각자의 영역을 침범하지 않은 선에서 잘 지내 볼 계획이다. 나 역시 그래야만 아이들과 가정을 위해 헌신한 것에 대한 보상 심리를 가족들에게 요구하지 않을 것 같다.

　퇴사하면 자동으로, 전업주부로 아이를 돌보고 살림에만 집중하며 살아야 한다면 나는 그 역할을 거부하고 싶다. 주부 혹은 엄마의 역할도 필요하지만, 나는 나로서 즐기며 살고 싶다. 먼 훗날 아이들이 우리 엄마는 가사 일에 몰두하지 않았고 맛있는 요리를 해주지 않았어도 한 사람으로서 자신의 인생을 즐겁게 살다 갔다고 기억했으면 좋겠다.

"좀 놀아도 돼요"

퇴사 후 괴로워하는 나를 위로해 주는 사람들이 있다. 이들은 소설 쓰는 스터디를 운영하는 스태프들이다. 사회에 나오면 마음을 나눌 수 있는 친구를 사귀기 어렵다고 하는데 그러한 선입견을 깨준 이들이다. 그들은 항상 나에게 과거에 대한 아쉬움과 미련을 버리라고 조언한다. 대신 나의 미래를 긍정적으로 바라보고 다른 사람이 아닌 자신의 삶을 즐겁게 사는 법을 알려 준다.

그들에게 나는 오늘 면접 보고 왔는데 떨어졌다고 말했다. 그러면서 우리 지역에 사회복지직 공무원 시험 공고가 올라왔는데 시험 응시를 한번 해볼까 하는데 그들의 생각은 어떤지 물었다. 그 말을 듣던 레오님이 내 목소리에서 내가 원하는 삶이 아니라 상황에 몰려 조바심에 말하는 것이 느껴졌는지, 나에게 질문을 던졌다. (우리는 온라인 커뮤니티에서 만났기에 닉네임으로 부르고 있다.) 남편도 누리마루님에게 일하지 말고 놀으라고 하는 데 무엇이 불안한지, 좀 놀면 안 되는지에 대해 나에게 진지하게 물었다. 그 질문에 머리를 한 대 맞은 느낌이었다. 대학을 졸업하기 전에 취업해서 이제껏 일했기에 노는 것이 어색하다. 솔직히 노는 방법을 잘 모른다. 기껏해야 잠자고 밀린 드라마 보는 것이 전부다. 고기 맛도 먹어본 사람이 알듯이 노는 것도 놀아본 사람이 그 재미를 안다. 또한, 남편은 일하는데 혼자 노는 게 눈치가 보인다. 돈이 필요해서가 아님에도 불구하고 왜 일해야 하는지에 대해 생각해 본 적이 없었다. 그의 질문에 선뜻 대답하지 못했다. 그동안 재취업을 하지 못한 조급함에서 오는 불안감을 느끼면서도 왜 그런지, 내 마음을 찬찬히 들여다보지 않았다. 그때 조감성님이 누리마루님은 어딘가에 소속되어 있어야 안정을 찾고 성과가 눈에 보여야 하는 사람이기 때문에 불안한 건 당연하다고 말했다. 나보다 더 정확히 나를 알고 있는 것에 놀라웠다. 행복맘님은 직장이 아니더라도 내가 할 수 있는 일이 있을 거라고 말해주었고, 햇살님은 사회복지 현장에서 떠났지만 여전히 노련한 사회복지사이고, 책을 낸 작가이며 무엇보다 두 아이를 세상에 내보인 큰일을 했기에 퇴사로 인해 '백순심'이라는 내 존재 자체가 모두 다 사라지지 않는다고 말해주었다. 햇살님이 말해준 것을 포스트잇에 옮겨 적었다. 그리고 그것을 아침마다 읽고 있다. 나의 자존감을 세워주는 힘 있는 말이다.

직장은 나의 장애를 커버할 수 있는 또 다른 정체성이었다. 특히 내가 일한 만큼 눈에 보이는 성과가 나타나는 것을 볼 때 인정받은 기분이 들어 좋았다. 그러나 직장을 그만두고 성과를 낼 수 없게 되자 나 자신이 분해된 기분이었다. 직장인 말고도 작가와 두 아이의 엄마로서의 정체성은 남아 있다는 사실을 기억하기로 했다. 아이들이 행복하게 살 수 있도록 도와주고, 온전한 집필 노동자로 꾸준히 쓰다 보면 그 무언가의 열매가 맺으리라 생각된다. 아이들을 잘 키운 장애 엄마로 이름을 날리고(얘들아, 엄마 유명해지게 좀 도와줘!), 필력이 너무 좋아 공모전에 당선되어 상금만으로 여유롭게 사는 상상을 하며 잠자리에 들었다. 그 생각 자체

로 배가 부른 느낌이다. 반드시 눈에 보이는 것만이 성과가
아니다. 내가 인생을 즐겁게 사는 것이 가장 큰 성과가 아닐
까 싶다.

 어쩌면 지금의 나는 재취업이 아니라 회복의 시간이 필
요할지도 모르겠다. 나는 그들이 내준 숙제를 하나, 하나 풀
어갈 예정이다. 내가 할 수 있는 일, 좋아하는 일, 노는 것에
즐거움을 알아보고자 도장 깨기를 해볼 생각이다. 내가 즐
겁게 놀 수 있도록 남편이 중간에 퇴사하지 않겠다는 확답
을 미리 받아야겠다. 남편이 열심히 운동해서 건강을 유지
해서 무탈하게 정년까지 직장에 다닐 수 있도록 날마다 기
도한다. 그리고 그동안 일하느라 많은 시간을 보내지 못했
던 아이들과 즐거운 추억을 만들어갈 계획이다. 비록 아이
들은 집에서 잔소리하는 엄마보다 직장에서 바쁘게 일하느
라 잔소리할 시간이 부족한 엄마를 더 좋아하겠지만, 이번
기회로 인생은 뜻대로만 움직이지 않는다는 걸 아이들도
아는 기회가 될 것이다. 말 안 듣는 게 아이들의 특성이라면
엄마가 잔소리하는 건 당연하다. 그럼에도 잔소리를 줄여
서라도 아이들이 엄마를 찾도록 만들고 싶다.

어색해도 계속
놀다 보면 익숙해진다

　직장을 다니면서 휴가 외에는 쉬어본 적이 없다. 쉬는 날에도 시간이 아까워 지인과 약속을 잡거나 가족여행을 갔다. 아무것도 안 하는 내가 상상되지 않는다. 솔직히 말하면 아무 이유 없이 쉬는 것은 무책임한 삶이라 생각했다. 퇴사 후 일하지 않고 허송세월로 보내는 것에 죄책감을 느끼고 불안하다. 마치 내가 잉여 인간이 된 것 같다. 그런 내 모습에 소설 쓰기 스태프들은 다른 사람들처럼 재취업이나 앞으로의 계획을 물어보지 않았다. 오히려 전업주부로 집중해서 살기보다는 여행도 다니고 그동안 하고 싶었던 것을 해보길 권유했다. 한 마디로 놀아보라고 했다. 제대로 놀아

본 적이 없기에 그 말을 들었을 때 '뭐 하고 놀지?'라는 생각에 막막했다. 과업 중심형인 나로서는 마냥 쉬는 게 어색하다.

　퇴사 후 한동안은 아이들이 학교에 가고 남편이 회사에 가면 아무것도 하지 않았다. 그저 손에 잡히는 대로 책을 읽다가 잠 오면 자고, 밀린 드라마를 보거나 글이 쓰고 싶으면 노트북을 켰다. 그것도 다 귀찮으면 아이스크림을 먹으면서 거실에 대자로 누워 창밖의 하늘을 한참 동안 멍하니 바라보며 시간을 보냈다. 남편은 그런 나를 나무라기보다는 내가 좋아하는 과자인 콘치를 한 박스나 시켜 주었다. 야금야금 한 봉지씩 까먹는 나에게 살찌겠다는 누리의 잔소리를 듣지만, 잔잔한 남편의 이벤트로 마음이 따뜻해진다. 그야말로 의식의 흐름대로 움직였다. 특별한 것을 하지 않아도 메말라 있던 내가 채워지는 느낌이다. 집에 있으면 무료할 것이라는 생각과는 달리 시간이 잘 갔다. 사람을 만나는 것도 좋지만, 혼자 멍하니 시간 보내는 것도 괜찮다는 것을 알았다.

　아무것도 하지 않고 쉬는 것은 삶을 낭비하는 일이라는 생각과는 달리 나를 채우는 시간이었다. 몸은 쉬고 있어도 산책하면서 생각을 정리하고 기록했다. 한 번도 가보지 않는 내 미래에 대해 그려보기도 한다. 과거에 대한 미련을 버리고 미래에 대한 불안함 대신 현재 지금의 나에게 온전히 집중하고 일상을 좀 더 세밀하게 바라본다. 그 속에서 미처 발견하지 못한 자연의 경이로움과 삶이 좀 더 입체적으로 다가온다. 그로 인해 내가 회복되고 일상이 풍요로워졌다. 직장에서 갈등의 소용돌이 속에서 버티고 있기에는 내 청춘이 아깝다. 사회복지 현장에 내가 있지 않다고 해서 낙담할 필요가 없다. 그 길만 있는 것이 아니다. 열려있는 다른 길을 가면 된다. 돌아보면 퇴사가 현실로부터 도망치는 게 아니라 용기 있는 행동이다. 쉼은 내가 살기 위한 적극적인 선택이다.

  몇 년 후의 나는 재취업에 성공하여 일하고 있을지, 첫 직장이 마지막 직장이 되어 지금처럼 여유를 즐기며 살고 있을지 모른다. 분명한 건 지금보다 더 행복해져 있을 것이라는 사실이다. 인생에 있어서 계속해서 앞을 향해 달리기만 하면 언젠간 탈이 나게 마련이다. 그것을 미연에 방지하기 위해서는 인생의 쉼표도 필요하다. 나는 지금이 그때라고 생각한다. 졸업 후 지금까지 직장인의 삶으로 살다 보니 퇴근 후에도 처리해야 할 업무를 생각하고 휴가지에서도 직장에서 연락이 올까 봐 핸드폰을 손에서 놓지 못했다. 그러한 행동이 책임감 있게 일하는 모습일 수도 있지만 늘 긴장하며 사는 피곤한 삶이기도 하다. 직장이 나 없이도 잘 굴러간다는 것을 인정하고 싶지 않은 나의 오만함에서 비롯된 행동일 뿐이다.

어쩌면 지금, 이 시간이 나에게 필요한 시간일 수 있다. 나를 위해 제대로 된 쉼을 배우고 방전되었던 나의 에너지를 충전하는 시간이라 생각하고 좀 더 즐겨보기로 했다. 노는 것이 어색하다면 익숙해질 때까지 놀아보면 된다. 노는 것도 경험치가 쌓이다 보면 내 일상의 한 부분으로 자리 잡는다. 작정하고 놀면서 인생은 다양한 삶이 있고 그 속에는 반드시 가치가 있음을 배워가는 중이다.

꿈에서라도 보면 좋겠다

　퇴사 후 내가 아이들을 돌볼 수 있게 되어 어머님은 포항으로 내려가셨다. 나도 그렇지만 아이들이 많이 섭섭해했다. 할머니와의 이별할 마음의 준비를 4개월 전부터 했지만 슬픔은 준비하는 시간이 길다고 해서 옅어지는 게 아니다.

　어머님은 내가 육아 휴직 1년 후 복직하면서부터 아이들을 봐주셨다. 아이 돌보미가 쉽게 구해지지 않아 포항에서 올라오셨다. 그렇게 아이들을 돌 때부터 9년을 키워주셨다. 긴 시간을 함께했기에 아이들은 할머니에 대한 애틋함이 크다. 여름방학의 시기에 맞춰 어머님이 내려가시면서 아이들도 2주간 포항에서 지냈다. 방학 끝날 무렵 아이들은 강원도로 올라왔다. 포항에서 올라오는 내내 마루는 눈 주변이 빨개지도록 울었다.

아이들의 짐을 푸는데 가방 속에서 어머님이 아이들에게 쓴 편지가 나왔다. 편지에는 그동안 아이들을 키우면서 세월 가는지 모를 정도로 행복했고 두 녀석에게 더 많이 놀아주지 못해서, 맛있는 음식을 많이 못 만들어줘서 미안하다는 말과 마지막에는 아이들에게 사랑한다고 적혀 있었다. 감성적인 마루는 울 거라고 예상했지만, 누리마저 엉엉 우는 모습에 당황했다. 아이들은 할머니가 보고 싶은 마음이 달래지지 않아 할머니가 쓴 편지를 몇 번이고 계속해서 읽고 영상통화를 매일 한다. 어느날 마루가 할머니, 할아버지와 통화하면서 강원도에서 함께 살자고 제안했다. 어머님이 내려가기 전에 엄마가 퇴사해서 내려가는 게 아니라 할아버지의 건강과 식사를 챙겨드리기 위해서라고 얘기했기 때문이다. 시어머님은 아이들이 회사를 그만둔 나를 원망하지 않도록 시아버님 때문이라고 말했다. 어머님은 손자들을 키우면서 힘든 점이 많았을 텐데 그런 내색 한번 없었다. 두 녀석뿐만 아니라 나에게도 많은 배려와 사랑을 주셨다.

아이들은 저녁 시간에 게임하고 TV를 보는 동안에는 슬픔이 잠깐 사라지는 듯했지만, 그리움이란 밤에 더 짙어지기 마련이라 잠자리에서 두 녀석 모두 엉엉 울었다. 마루는 잠자리에서 자신들이 먹고 싶은 탕후루를 사주기 위해 더운 여름날에 할머니가 걸어서 사 온 적이 있다며 그 부분이 미안하다고 했다. 처음 듣는 이야기인데 시어머님의 아이들을 사랑하는 마음이 느껴졌다. 만약 나였다면 더운 날 탕후루를 사러 가기보다는 다음에 사 주겠다고 약속했을 것 같다. 아이들은 우리 부부가 해 줄 수 있는 것과 안 되는 것에 적당한 선을 그을 때 어머님은 허용적인 사랑으로 아이들을 품어주셨다. 마루는 꿈에서라도 할머니가 나왔으면 좋겠다고 말하다가, 잠에서 깨면 더 슬플 것 같다고 차라리 꿈을 꾸지 않는 게 좋을 것 같다고 말했다. 두 녀석은 자기들이 생각할 때 할머니와 다시 살 수 있는 방법으로, 포항으로 아빠 회사를 옮기거나 자신들을 포항으로 전학 보내달라고 말하고, 그것도 안 되면 나에게 재취업을 해서 할머니가 다시 올라오는 것 등 자신들의 머리로 생각할 수 있는 모든 방안을 나에게 말했다. 시어머님이 계시지 않은 첫날 밤에는 두 시간 내내 울다가 할머니와 추억을 이야기하고 그리움을 더듬다가 잠이 들었다.

마루가 잠이 들기 전에 왜 회사를 그만두었냐고 원망하는 투로 나에게 물었다. 나는 아이에게 엄마가 그 직장에서는 행복하지 않아서 그만두게 되었다고 말했다. 아이는 엄마가 불행해지는 건 싫지만, 할머니와의 이별도 슬프다고 했다. 속상해하는 마루에게 미안했다. 나도 어릴 적 친할머니에게 무한한 사랑을 받으며 자랐기에 아이의 마음이 공감되었다. 마루에게 슬픔이 옅어질 때까지 울어도 된다고 말해주며 안아 주었다.

시어머님에게 아들 둘 다 장가를 보내고 이제는 친구들과 여행을 다니면서 인생을 즐길 시기에, 한평생 살아온 터전을 등지고 남편과 떨어져 포항에서 인제까지 올라와 아이들을 키우는 것은 쉬운 결정이 아니었을 것이다. 어머님은 무뚝뚝한 며느리와 살면서 친구 한 명 없는 이곳에서 많이 외로우셨으리라. 그럼에도 우리 부부와 아이들을 위해 애쓰셨다. 이건 '사랑'이라는 말이 아니고서는 설명할 수 없다. 그 사랑으로 나는 마음 놓고 직장을 다녔으며 우리 가족은 행복했다고 어머님께 전하고 싶다.

참새가 방앗간을 지나치지 않듯이

  직장 다닐 때는 어머님이 아이들의 하교를 책임졌다. 퇴사 후에는 내가 맡아서 하고 있다. 솔직히 아이들을 데리러 가는 게 귀찮은 날도 있다. 이런 생각을 하는 내가 모성애가 부족한 건 아닌지 몇 초간 의심했다. 이내 조금이라도 걷는 게 좋다며 마음을 고쳐먹는다. 우리 집과 학교까지 거리는 걸어서 10분도 채 되지 않는다. 아이들과 함께 걷는 그 길에는 언제나 다양한 이야기와 즐거운 이벤트가 기다리고 있다.

  학교 정문에서 아이들의 친구들에게 빙 둘러싸여 잠깐

이지만 이야기를 나누는 재미도 쏠쏠하다. 이때 아니면 언제 나이 어린 친구들과 인맥을 쌓을 수 있을까 싶다. 아이들은 나를 만나자마자 학교에서 있었던 일을 종알종알 떠든다. 여자 친구에게 고백을 받은 일, 수업 시간에 있었던 일, 급식으로 마라탕이 나와서 행복했다는 등 아이들은 이야기를 무궁무진하게 쏟아낸다. 이렇게 말이 많은데 그동안 어찌 참았는지 궁금하다. 직장을 다녔더라면 한정된 저녁 시간에 이렇게까지 자세하게 아이들의 이야기를 듣지 못했을 것이다.

아이들은 학교에서 집까지 넘어지면 코 닿을 거리지만, 바로 오는 법이 없다. 버스에 비유하자면 직행이 아니라 완행이다. 문제는 버스가 서는 정거장이 수시로 상황에 따라 바뀐다는 점이다. 어느 날은 집으로 가는 길목에 편의점이 정거장이 된다. 참새가 방앗간을 지나치지 못하듯이 아이들은 오늘은 날이 더워서, 체육을 해서 당을 보충해야 한다는 등 온갖 핑계를 댄다. 아이들과 나란히 쭈쭈바를 물고 걸어오면 나의 유년 시절의 친구와 걷는 느낌이다. 때로는 놀이터에 들러서 놀거나, 운동장에서 축구를 한다. 저질 체력인 나지만, 있는 힘껏 아이들과 그네를 타고 공을 찬다. 때로는 줄지어 가는 개미에게 가게에 들러서 산 자기 과자를 나누어 주거나 콩벌레가 자기 몸을 둥글게 마는 과정을 지켜본다. 한번은 비가 온 다음 날이라 살구가 땅에 떨어져 먹을 수 없는 것을 보고 밟아 봤다. 그 느낌이 좋아서 아이들에게도 권유했지만 유치하다는 핀잔만 들었다. 그렇게 말하는 아이로 인해 무안하기도 하지만 '유치함'을 논할 만큼 아이들이 언제 저렇게 컸나 싶다.

또 어느 날은 아이들과 걸어오는 데 소나기가 쏟아졌다. 굵은 빗방울이 아니라서 맞을 만했다. 우산을 챙겨오지 않았다고 아이들에게 한 소리 들었다. 그래도 기분 나쁘지 않았다. 집으로 함께 가는데, 예전에 보라카이에서 갑자기 쏟아진 비를 맞으며 뛰어다닌 것이 생각났다. 그 당시 좋았던 감정이 올라왔다. 비록 비는 맞았지만 기분은 상쾌하였다. 아이들도 이 순간이 좋은 기억으로 남았으면 좋겠다.

누리는 하교할 때마다 나의 손을 꼭 잡는다. 날이 더워서 손에 땀이 나도 나는 아이 손의 온기가 좋아서 놓지 않는다. 하굣길에 아이의 따스함을 느끼며 계절의 변화를 느낀다. 봄에는 이름 모를 새소리를 들으며 농사의 시작을 알리는 구수한 거름 냄새를 상대방의 방귀 냄새라고 서로 놀리고, 여름에는 매미 소리를 들으며 칠 년 동안 땅속에서 살다가 한 달만 지상에서 나와 살다가 죽는 매미가 불쌍하다며 감성 어린 대화를 아이들과 나누는 지금이 나는 참 좋다. 지금 이 시간은 아이들을 기다려 주지도 않고, 돈 주고 살 수도 없는 경험이다. 내 어린 시절에 들과 산으로 뛰어논 것이 자산이 된 것처럼 우리 아이들도 어른이 되어 꺼내 볼 수 있는 추억이 되길 바란다.

아이들에게 사춘기가 오면 나와 손잡는 대신 친구를 더 찾거나 자신의 방에만 틀어박혀 나오지 않을 것이다. 몇 년 남지 않은 그 시간이 오기 전에 아이의 손을 더 많이 잡아 본다. 지금 느껴지는 아이의 온기로 아이의 사춘기로 힘든 시간을 거뜬히 이길 수 있는 내가 되고 싶다.

아이들과 더 많은 추억이 생겨 풍성하다

직장을 다닐 때는 따로 연가를 쓰지 않는 이상 아이들과 시간을 보내기 어려웠다. 워킹맘으로서 나는 최선을 다하고 있다고 생각했다. 지금 돌아보면 아이들이 갖고 싶은 물건이나, 놀이동산을 가는 등 큰 이벤트와 돈으로 아이들에게 환심을 샀다. 평일에는 퇴근 후 씻기고 밥 먹고 학습지를 봐주는 것으로 일과가 끝났다. 물론 잘못했다는 말은 아니다. 아이들과의 추억은 있을지언정 충분한 정서적인 교감을 나누지 못했다.

예전에는 아이들에게 무언가를 해주는 행위에만 집중했

다. 겉으로는 아이들을 위한 것이라는 그럴듯한 포장을 했지만 사실은 미안한 마음을 덜어내고 싶어서였다. 결국 나를 위한 것이었다. 워킹맘이라면 그럴 수밖에 없다는 합리화를 하면서 말이다. 물론 일하면서 정서적인 교감까지 잘 나누는 양육자도 있다. 그러나 나는 일과 양육을 완벽히 해내는 엄마가 아니다. 그동안 어머님이 잘 돌봐주셨지만, 엄마에게 헛헛했던 아이들의 마음을 이번 기회에 꽉꽉 채워주고 싶다.

퇴사 후 아이들과 놀이공원이나 워터파크 같이 큰마음 먹고 가야 하는 곳들을 놀러 가는 일이 줄었다. 하지만 일상에서 추억들은 그 어느 해보다 더 많이 생겼다. 더운 여름날에 마당에서 호수와 물총을 이용해 한바탕 물놀이도 하고 텃밭에서 호박이며 오이 등을 따와 아이들과 요리도 자주 한다. 어느 날은 축구부에서 물놀이 한다는 말에 함께 갔다. 만약 내가 회사에 다니고 있었다면 학부모와 함께하는 운동회나 아파서 병원 가는 일처럼 꼭 해야 하는 일이 아닌 이상 오늘 같은 행사는 그냥 넘어갔을 것이다. 아이들은 친구들과 물놀이를 해서 좋았고, 나는 뜨거운 햇볕 아래였지만, 가끔 불어오는 바람을 맞으며 책을 읽는 것도 그리 나쁘지 않았다. 그날 밤 아이들을 재울 때 아이들은 오늘 물놀이 너무 즐거웠다며, 아직도 물놀이하는 기분이라며, 다음에 또 가고 싶다고 말했다. 늘 남편의 주도하에 놀러 다녔는데 이제는 남편 없이도 어디든 갈 수 있다. 또, 남편을 뺀 우리끼리만 추억을 공유하는 재미도 쏠쏠하다. 오늘 같은 이벤트는 생각지도 못한 기쁨을 준다.

어느 날은 도서관에서 더위를 피했다. 더운 여름날 도서관만큼 시원한 곳은 없다. 각자가 읽고 싶은 책을 옆에 쌓아두고 읽었다. 뽑아온 책들을 보면 아이들이 어떤 것에 관심이 있는지 파악이 된다. 대부분 학습만화이거나 『흔한 남매』, 『쿠키런』 시리즈라 엄마로서 글밥이 좀 있는 책을 읽었으면 하는 아쉬움도 있다. 하지만 나도 저 나이 때는 학교에서도 만화책을 끼고 살았다. 만화책을 읽다가 선생님에게 걸려 혼난 적도 있다. 그러다가 우연히 교실 책꽂이에 꽂힌 『레베카』를 읽었다. 그 책을 통해 책이 재미있다는 사실을 알게 되었다. 우리 아이들도 자기에게 운명적인 책을 만나는 날이 올 것이다. 만화책이면 어떤가? 책을 가까이하는 한 계속 읽을 것이고 독서는 자연적으로 확장된다. 이렇게 도서관, 박물관, 물놀이 등 아이들과 동네 투어를 다니느라 올여름은 바빴다.

초등학교 3학년인 두 아이가 잠 들기 전까지 어머님이 항상 곁에서 이야기를 들어주었다. 이제는 내가 그 역할을 이어 받았다. 밖에서 누가 들으면 수다스러워서 잠을 자지 못할 정도다. 예전 같으면 내가 피곤해서 빨리 자라고 재촉했을 것이다. 이제는 출근해야 한다는 부담감도 없기에 아이들이 잠들 때까지 이야기하는 것을 들어준다. 나란히 누워서 잠을 자기 전 의식을 치르듯이 학교에서 있었던 일, 자신이 하는 게임 이야기, 자신이 만든 레고 작품을 설명한다. 그러다가 이야기가 바닥나면 끝말잇기, 손병호 게임, 3.6.9 게임, 스무고개 게임 등을 이어서 한다. 밤마다 똑같은 패턴이다. 질릴 법도 한데 매일 매일 한다. 심지어 졸려서 자려고 하면 못 자게 나를 깨운다.

우리 아이들이 남자라서 말이 많이 없었던 게 아니다. 내가 아이들의 말을 들을 여유와 시간이 없었다. 아이가 말없이 나를 꼭 껴안으면 오늘은 엄마가 자신을 사랑하는지 확인받고 싶어 하는 마음이 느껴진다. 시간을 갖고 바라보니 비언어적으로 보내는 아이의 마음도 알 수가 있다. 아이들

과 이벤트성의 추억보다 소소하게 일상적인 이야기가 계속
이어지길 바란다.

"내가 직장이 없지, 갈 데가 없나?"

　퇴사해서 수입이 줄어든 것에 대한 압박감으로 소비는 줄었지만, 욕구가 사라진 건 아니다. 월급을 받으면 고가는 아니지만, 주기적으로 옷을 샀다. 인터넷에 예쁜 옷은 늘 넘쳐났다. 그 옷들이 자신을 데려가 달라고 나에게 손짓하는 것 같다. 그 유혹을 뿌리칠 수가 없다. 옷을 살 때 약간 양심의 가책을 느끼지만, 내가 이러려고 돈 버는 것이라며 결제창을 눌렀다. 월급쟁이처럼 매달 들어오는 수입도 없고 매일 출근하는 직장이 사라지자 인터넷 쇼핑에 더 이상 설레지 않는다. 퇴사 후 마음이 헛헛한 마음에 인터넷 쇼핑몰을 기웃거렸다. 하지만 예전처럼 망설임 없이 결제창을 누르는 대신에 장바구니에 담았다. 옷을 사도 입고 나갈 직장이 사라진 사실에 우울했다.

옷장에 가득 차 있는 옷들을 보는 것도 슬펐다. 나가는 횟수가 줄어들자 계절이 바뀌어 한 번도 입어보지 못하고 정리하는 옷도 생겼다. 자주 입지도 못할 바에는 정리하기로 했다. 추억 때문에 보관한 옷과 언젠가는 입을 거라고 모셔둔 옷, 내 마음에 들지만 입으면 불편하여 입지 않은 옷을 정리했다. 혼자서 들면 무거울 정도인 양의 바구니가 일곱 개였다. 그럼에도 옷장은 여전히 포화상태다. 나의 옷을 시작으로 아이의 옷과 책까지 대대적으로 정리해서 아름다운 가게에 다섯 번에 걸쳐 기부했다. 남편은 처음에는 기부처에 가는 걸 마다하지 않고 흔쾌히 갔으나 횟수가 늘기 시작하자 귀찮아한다. 기부한 수량이 무려 200개에 가까웠다. 단시간에 기부를 이 정도 하면 아름다운 가게에 VIP로 등록되었을 것 같다.

꽉 채워진 곳에 여백의 미가 생기고 깔끔하게 집이 정리되었다. 약간의 뿌듯함도 있지만 허전함이 더 컸다. 사실 채워져 있어야 안정감을 느끼는 나는 미니멀 라이프를 선호하지 않는다.

직장 외에도 교회, 마트, 아는 언니를 만나러 갈 때 옷을 벌거벗고 가지 않는다는 것을 깨닫고 옷을 사기 위해 다시 인터넷 쇼핑몰을 기웃거리기 시작했다. 예쁜 옷을 입고 나갈 곳을 만들기 위해 독서 모임을 나갔다. (처음에는 불순한 동기가 약간 깔려있었지만, 독서 모임에서 다른 이들과 이야기를 나누는 것 자체로 재미있다.) 남편은 이제는 수입이 줄어들었으니 자제하라는 말 대신 아이들 하교 때 데리러 갈 때도 예쁘게 차려입고 가라고 말한다. 그렇게 말해줘서 고맙다. 아무리 남편이 사고 싶으면 사라고 하지만 옷을 사는 횟수는 월등히 줄었다. 대신에 소비하는 물건의 관심사는 집에 있는 시간이 늘면서 집안 살림으로 바뀌었다. 알록달록한 살림 용품들이 눈에 들어온다. 그러다 보니 자연히 유튜브에서 보는 관심 알고리즘이 정리 용품이다. 예전에는 같은 물건이지만 빨리 받고 싶은 마음에 한국 쇼핑몰을 이용했다. 지금은 일말의 양심의 가책으로 저렴하게 사기 위해 직구 사이트를 이용한다. 기다리는 인내력을 키우고 있다. 해외직구 사이트는 신기한 물건들이 넘쳐난다. 이렇게 다양하고 신박한 정리 용품들이 많은지 몰랐다. 신세

계 그 자체였다. 나를 위한 옷을 사는 대신 정리 용품은 가족을 위한 것이니 구입해도 된다고, 우리 집에 꼭 필요한 것이라고 최면을 걸어 산다. 막상 받아보면 반 이상이 쓸모없다.

직장 다닐 때는 이면지를 많이 제조하여 지구를 아프게 했는데 지금은 필요하지 않은 물건 구입으로 지구에게 죄를 짓고 있다. 경험이 쌓이면 좋은 물건을 고르는 안목도 생기지 않을까 싶다. '아무튼 시리즈'의 일환으로 '아무튼 태무'를 주제로 해외직구에서 구입하면 실패하는 물건과 성공하는 물건이라는 내용으로 책을 내도 될 만큼 글감이 많다. 가뭄에 콩 나듯이 괜찮은 물건을 사면 그렇게 뿌듯할 수가 없다.

소비 요정은 하이에나가 먹잇감을 찾든 두 눈을 부릅뜨고 신박한 물건이 없는지 오늘도 인터넷 쇼핑몰에 들어간다. 이번에 구입하는 물건은 실패하지 않기를 염원하며 마우스 위에서 나의 손은 부지런히 날개짓을 한다.

독서 수다가 필요해!

퇴사 후 2~3달 집에 있으니 갑갑했다. 예전부터 독서 모임에 참여하고 싶었지만, 직장으로 인해 시간대가 맞지 않아 갈 수가 없었다. 이제 시간도 많으니 독서 모임 할 곳을 찾아보던 중 '책방 나무야'에서 독서 모임을 운영하고 있다는 걸 알게 되었다. 매주 수요일마다 '책방 나무야'라는 지역 서점으로 독서 모임을 간다. 첫 모임에 가는 날은 따스한 봄날, 남자친구와 벚꽃 구경 가는 것처럼 설렜다. 기본적으로 책을 좋아하는 사람들이라는 공통분모가 있어 낯설지 않고, 이미 알고 있는 사이처럼 친숙함이 느껴졌다.

평소에는 아이들을 학교에 보내고 혼자 독서 모임을 가

는데 방학 때는 아이들과 함께 간다. 다른 회원들도 아이들과 함께 오는 경우가 많다. 이 독서 모임의 매력 중 하나가 누구든 제한하지 않고 함께 할 수 있다는 것이다. 때로는 애완견도 함께 한다. 그 개도 이 모임의 특징을 아는지 짖지도 않고 주인 옆에 가만히 누워 있다. 독서 모임 구성원으로 훌륭하다.

어른들이 모임을 할 동안 아빠를 따라온 아이는 아빠 옆에서 조용히 그림을 그리거나 다른 부모들이 데리고 온 아이들과 서점을 누비면서 논다. 간간이 들려오는 아이들의 웃음소리가 정겹다. 정적인 가운데 발랄함이 묻어나는 분위기는 마치 잔잔한 한 편의 영화 장면 같다. 아이가 종이 대신 휴지에다 그린 그림을 독서 모임 멤버들에게 선물로 줬다. 예쁜 꽃을 그리고 '같이'라는 글자가 쓰여있다. 마치 우리의 독서 모임의 특징을 이미 알고 그린 듯했다. 혼자가 아니라 같이 하는 것은 즐거운 일이며, 서로에게 힘이 되어줄 수 있다는 의미를 내포하고 있어 단어에서 힘이 느껴진다. 바라는 게 있다면 우리 아이들도 꼭 이 모임이 아니더라도 우리처럼 독서 모임에 참여하는 아이로 성장했으면 좋겠다.

독서는 혼자 읽어도 좋지만 함께 읽고 나누면 독서의 즐거움이 배가 되고 풍성해진다. 우리는 목차 중 한 챕터를 선정해 돌아가며 읽은 후 서로의 이야기를 한다. 이미 각자가 가지고 있는 시선에서 나오는 이야기라 다양한 생각이 나온다. 오고 가는 말속에는 잘난 척이나 비난이 없다. 그저 공감하고 상대방의 의견을 수용한다. 그 속에서 무언가를 배우고 내가 미처 하지 못한 생각을 깨닫게 한다. 마치 안개 낀 새벽에 태양이 뜨므로 세상이 밝아지는 느낌이다. 이러한 시간이 나의 내면을 성장시키고 다양한 시각을 가질 수 있게 만든다. 좀 더 열린 시선으로 세상을 바라보면 아무런 기준 없이 서로의 존재 자체를 인정하고 그로 인해 자신이 귀한 존재임을 알아간다. 이러한 매력으로 나는 그 시간이 귀하다.

　모임을 하고 온 날에는 콧노래가 절로 나온다. 그들과 오고 간 대화 내용을 생각하고 또 생각하게 된다. 읽고 나누는 쾌락은 SNS처럼 즉각적으로 주는 즐거움은 아니다. '한계효용체감의 법칙'이라는 말이 있다. 예를 들면 처음 치킨을 먹을 때와 두 번째, 세 번째 먹을수록 맛에 대한 만족도가 떨어진다는 것이다. 적어도 나에게 있어 독서 모임이 주는 즐거움은 반복되어도 한계효용체감의 법칙이 적용되지 않는다. 왜냐하면 SNS처럼 단순히 그냥 받아들이거나 의존적이지 않다. 책은 읽으면서 자신이 취할 것과 버릴 것을 선택하는 것을 주체적으로 할 수 있기 때문이다. 자신의 의지에 따라 움직이므로 나를 생각하게 하고 사고를 확장하게 만든다. 그 사고들이 축적되면 행동으로 옮긴다. 그렇게 조금씩 더 나은 삶을 살고자 애쓰고 있음을 발견한다.

　독서 모임은 단순히 책의 내용을 나누는 것을 뛰어넘어 육아하면서 힘들었던 것들을 나누고 구성원의 근황 등 각자의 삶을 나눈다. 그렇기에 다른 일정으로 인해 한 주를 빠지게 되면 마음이 고되다. 우리의 모임은 빨리 사그라지지 않고 뚝배기의 온기처럼 은근하게 행복을 지속하게 만든다. 모임을 다녀오면 그 따뜻함으로 일주일을 행복하게 보낼 수 있다. 나는 오늘도 다음 독서 모임을 설렘으로 기다린다.

시어머님이 남기고 간 텃밭

　나의 퇴사로 인해 시어머님이 황혼 육아에 마침표를 찍고 고향으로 내려갔다. 그동안 어머님이 가꾸신 텃밭을 남기고 갔다. 텃밭에는 여러 작물이 심겨 있었다. 수확할 작물이 많아서 매일 확인하고 따야 한다. 아이들은 어머님이 계실 때 도왔던 경험이 있어 고구마, 감자 등 작물의 수확 시기와 뽑지 않으면 내년에 심지 않아도 자연히 자라는 작물도 안다. 한번은 고구마를 언제 캐는지 몰라 알이 굵어졌는지 확인하기 위해 캐고 있는데 마루가 나에게 아직 고구마를 캘 시기가 아니며 한 달은 더 있어야 한다고 알려주었다. 괜히 뭔가를 잘못하다가 들킨 사람처럼 머쓱했다. 아이들은 나보다 농사에 있어서는 선배다. 혼자 하면 외로울 텐데 아이들이 텃밭 친구가 되어 주어 함께 하니 즐겁기만 하다.

 어머님이 내려가기 전에 장아찌용 소스를 만들어 놓았다. 고추가 아이의 손가락 크기만 하게 자라면 따서 꼭지와 끝부분을 뗀 후 소스에 담그면 된다고 일러주었다. 처음에는 어머님 말씀대로 고추만 땄다. 며칠을 따다 보니 다른 작물도 눈에 들어왔다. 고추를 시작으로 호박이며 오이, 방울토마토가 눈에 보인다. 채소를 마트가 아닌 텃밭에서 구하니 식비가 줄었다. 어릴 때 할머니 따라 밭에 나가 고추에 물을 준 기억이 났다. 그때 처음으로 들었던 새소리가 무엇인지 몰라 할머니에게 물어보니 '뻐꾸기'라고 알려주었다. 뻐꾸기가 울면 나도 그 소리를 흉내 낸 기억이 난다.

 어머님이 고향으로 내려가면 텃밭을 관리할 자신이 없어 시멘트를 바를 예정이었는데 잠시 보류할 생각이다. 잡초가 무성하게 자라도 전혀 관심이 없던 내가 밭에서 수확한 것을 바로바로 먹는 재미가 쏠쏠해졌기 때문이다. 이 맛에 사람들이 텃밭을 가꾸는가 싶다.
 예전에는 지인이 나눠 주는 채소를 받아오면 냉장고에 방치하다가 결국 상해서 버렸다. 내가 직접 텃밭을 가꾸어보니 버리는 게 아까워서 버릴 수가 없다. 남편은 아까워하는 것은 사람의 시선이고 작물의 입장에서는 열매를 맺고 떨어지고 다음 해에 다시 열매를 맺는 것은 자연의 이치이므로 다 따 먹으려고 애쓸 필요가 없다고 했다. 가끔 미처 이런 생각조차 못 하는 나에게 일깨움을 주는 남편이 다르게 보인다. 나의 편협하고 좁은 사고의 폭을 넓혀 주는 남편이 있는 사실에 감사하다. 그럼에도 나는 아까운 마음에 텃밭에서 나는 수확물을 열심히 따서 먹는다. 과자나 아이스크림 대신 방울토마토나 옥수수 등을 먹으니 내 몸이 건강해지는 기분이다. 채소를 먹을 때 입안에서 감도는 달짝지근한 맛을 느낀다. 어르신들이 나이가 들면 알게 된다고 했는데 이제 나도 그 맛을 알 수 있는 나이가 되었다. 제때 못 먹을 경우는 깨끗이 씻어서 소분해서 냉동실에 얼려 둔다. 꽉 찬 냉동실을 보면서 겨울 내내 먹을 생각에 부자가 된 것 같다. 그래도 양이 많아 주변 사람들에게 나눠 준다. 나눠 줄 지인을 생각하며 따다 보면 더 주고 싶은 마음에 계속해서 바구니에 담는다. 혹시나 받는 게 부담스럽지 않을까 걱정이 되기도 하지만 잘 먹겠다는 문자를 받으면 마음이 놓인다.

텃밭 한쪽에는 꽃들이 한창 피어 있다. 물을 주는데 30분 정도가 소요된다. 호수가 닿지 않는 곳은 일일이 물조리개를 이용해 계속해서 물을 나르면서 준다. 한바탕 물을 주고 나면 온몸이 흠뻑 땀에 젖는다. 그럼에도 물을 줄 때 흙에서 나는 냄새가 좋다. 시들어있던 잎사귀가 살아나는 것을 보면 내가 식물의 생명을 살렸다는 생각에 뭔가 대단한 일을 한 기분이다. 가끔 하늘이 비를 내려주면 물을 주지 않아도 되니 오늘 하루 휴가를 받은 것 같다. 또 비가 온 뒤에는 잡초가 더 잘 뽑혀서 힘들이지 않고 뽑는다. 마치 보너스를 받은 듯하다. 이런 일들이 귀찮아서 그전까지는 다 사 먹었는데 이제는 텃밭 가꾸는 재미가 쏠쏠하고 무엇보다 식비가 줄어드는 것이 눈에 보여 멈출 수가 없다.

내가 조금 더 부지런하게 움직이는 생활 패턴으로 바뀌게 된 이유는 돈을 절약하여 조금이라도 돈에 덜 구애받고 좋아하는 일을 계속 이어가기 위함이다. 단순히 텃밭을 가꾸는 것을 뛰어넘어 여유로운 삶을 살기 위한 미래를 위한 투자다. 그렇기에 나는 오늘도 텃밭에 나간다.

요리를 시작하게 된 단순한 이유

내가 요리를 시작하게 된 이유는 두 가지이다. 가장 큰 이유는 첫째, 텃밭에 오이, 호박, 상추 등이 매일 수확해야 할 정도로 많이 열린다. 그것들을 차마 버릴 수 없어 처음에는 오이, 고추를 생으로 먹었는데 그렇게 먹는 것도 한계가 있다. 텃밭에 나는 수확물로 반찬을 만들어 봐야겠다고 생각했다. 백종원이나 TV 프로그램 <편스토랑>에 나오는 류수영 배우는 요리를 간단하고 손쉽게 설명해 주어 따라 만들 수 있을 것 같았다. 그 두 분으로 인해 요리에 입문할 수 있는 용기가 생겼다. 나 같이 요리를 어려워하는 여러 사람을 살렸다. 그 점에서 진심으로 감사하다.

처음 시도한 것은 오이무침이다. 그다음으로는 오이 피클을 만들었다. 오이 피클 만드는 것을 단순하게 생각했는데 피클 물을 끓이기 위해 더운 날 불 앞에 있는 게 만만치가 않았다. 요리 블로그를 보고 따라 만들었다. 블로그에서는 피클을 만드는 게 쉽고 간단히 만들 수 있다고 소개했지만, 결코, 간단하지 않았다. 그동안 시어머님이 힘들게 해주신 피클을 아무 생각 없이 먹었다는 것을 알았다. 다 만든 후 유리병에 담은 오이 피클을 보고 있으니 뿌듯했다. 오이 피클은 상당히 많은 양을 했기에 한동안은 계속 먹을 것 같다. 레시피를 보면서 한 가지씩 만들어 봄으로써 내가 만들 수 있는 반찬의 가짓수가 늘어났다. 내 손으로 반찬을 만들어 먹을 수 있다는 게 신기했다. 그동안 나는 요리를 못 한다고 생각했다. 못 하는 것이 아니라 많이 해보지 않아서 자신이 없었던 것이었다. 요리는 나와 맞지 않는다고 생각했는데 의외로 재미있다. 내가 만든 반찬을 아이와 남편이 먹는 모습에 더 신이 난다. 하지만 가끔은, 나는 남편이 만들어 준 음식이 짜도 고생해서 만들어 준 것이 고마워서 군말 없이 먹는데 남편은 나에게 만드느라 수고했다는 말은 하지 않고 조금 싱겁다며 지적질만 하여 얄밉기도 하다. 그래도 끝까지 먹어주어 고마웠다. 팩트만 말하는 누리가 내가 만든 반찬을 점수 매길 때, 마치 흑백요리사의 심사위원으로 나온 안성재 셰프가 맛을 평가하는 것처럼 긴장되었다. 맛 없다고 말할 줄 알았는데 내 예상과 달리 의외로 5점 만점에 4점이라는 후한 점수를 주어서 요리에 자신감이 더 생겼다.

두 번째는 혼자 먹더라도 잘 차려서 먹고 싶다는 이유에서다. 남편이 매일 다르게 아이용 반찬과 내 반찬을 따로 만들어 준다. 남편의 수고를 알기에 내가 먹는 반찬은 직접 만들어 먹고 싶다. 직장 다닐 때는 어머님이 안 계시면 국에 밥을 말아서 먹거나 한 가지 반찬으로 먹었다. 끼니를 때운다는 표현이 더 어울렸다. 지금은 집에만 있다고 해서 아무렇게나 먹지 않는다. 혼자 점심을 먹지만 빨리 식지 않도록 국을 사기그릇에 담고 반찬을 예쁜 그릇에 담는 등 제대로 갖춰 놓고 먹는다. 그렇게 하므로써 나 스스로에게 대접하고 싶다.

혼자서도 삼겹살을 굽고 텃밭에서 따온 호박잎을 삶아서 강된장에 밥을 싸 먹는다. 또 어떤 날은 호박을 새우젓에 볶아서 먹는다. 그렇게 나는 날마다 나를 위해 시간을 들이고 정성스레 요리한다. 그리고 정말 맛있게 천천히 맛을 음미하며 밥그릇을 싹 비운다. 만약 텃밭이 없었더라면 라면이 주식이 되지 않았을까 싶다.

퇴사 이후에 삶은 많이 바뀌었다. 이전에는 나보다는 남의 눈치를 먼저 봤다. 이제는 내 감정에 충실한 삶을 살고 싶다. 그 출발이 밥상이다. 소박한 상차림이지만 삶을 소중히 여기고 가꾸는 일이다. 그러기에 오늘도 나는, 나를 위한 점심을 차리기 위해 텃밭에 나간다.

꽃이 좋아지기 시작하면 나이가 들었다는
그 말이 싫지 않다

어머님이 계실 때 텃밭에 여러 종류의 꽃을 심었다. 꽃이 피면 계절에 변화가 오는 것을 알았지만, 꽃이 피고 지는 것에 그리 큰 감흥이 없었다. 다들 각자의 이름이 있었는데 나의 무심함으로 이름 모를 꽃들로 불렸다. 그 무심함이 어디까지냐면 꽃을 구분하지 못해 잡초인 줄 착각하고 뽑은 적도 있다. 텃밭을 관리하기 시작하면서 꽃들이 눈에 들어온다.

아침에 빨래를 널고 난 후 핸드폰으로 사진을 찍고, 꽃들을 한참 동안 구경한다. 백일홍이 한뿌리에서 같은 색이 아닌 다른 색상의 꽃이 핀다는 사실을 이제야 알았다. 다양한 색상이라 어울리지 않을 것 같은데 이질감 없이 조화를 이룬다. 특히 채송화는 밤에는 꽃봉오리를 오므리고 있다가 아침이 되면 활짝 핀다. 그 틈에 벌들은 열심히 꿀을 얻기 위해 일사불란하게 움직인다. 마치 아침 출근길처럼 바쁘게 움직이는 직장인 같기도 하다. 저리도 작은 꽃이지만, 벌이 꿀을 얻어 가는 것에 놀랍다. 그렇게 채송화는 자신에게 있는 꿀을 벌에게 아낌없이 나누어 준다.

전날 밤에 태풍으로 인해 피소스테기아 꽃잎들이 떨어져 있었다. 떨어진 꽃잎을 잠깐 보는 것이 못내 아쉬워 꽃잎을 주워다가 말렸다. 피소스테기아는 연보랏빛을 띠지만 말랐을 때는 진보라색을 띤다. 대부분의 꽃잎이 마르면 옅어지는데 피소스테기아는 전혀 상상하지도 못한 빛깔을 선물한다. 도라지꽃은 빛이 통과할 정도로 투명하다. 말린 꽃들을 보관하기 위해 디퓨저, 화장품 용기 등 병이 예쁘면 버리지 않고 잘 씻어서 말려 모아 놓는다. 텃밭에 있는 꽃들을 말려서 부서지지 않게 조심스레 유리병에 담는다. 그렇게 담은 병은 책꽂이 한 칸에 진열한다. 유리병에 담아 놓은 꽃들을 보면서 저마다 색깔이 있지만 묘하게 어울린다고 생각했다. 사람들도 살아가면서 꽃들처럼 시기하고 싸우는 일의 시간을 뺏기보다는 각자를 존중하고 조화를 이루면서 살면 좋겠다는 생각을 해본다. 우리의 삶의 현장이 전쟁터가 아닌 꽃밭이면 좋겠다.

　오랜만에 봉숭아를 꽃을 따다가 손톱에 물을 들였다. 아이들도 유치원 다닐 때는 곧잘 들였는데 이제는 좀 컸다고 매니큐어 바른 것 같다고 거부한다. 어쩔 수 없이 나 혼자 새끼손톱에 물들였다. 나는 어릴 적에 첫눈이 내릴 때까지 봉숭아 물이 손톱에 남아 있으면 첫사랑이 이루어진다는 말을 믿었다. 진하게 물이 들어야 오래간다는 생각에 아침까지 비닐을 풀지 않고 잤다. 아침에 일어나보니 하나가 풀려 있었다. 내가 몸부림을 심하게 쳐서 빠졌다고 생각했는데, 물이 잘 들었는지 궁금한 나머지 아빠가 나 몰래 풀어본 것이었다. 첫사랑이 이루어지지 않을까 봐 소리 내어 엉엉 울었다. 따뜻한 남쪽 지방에 산 나는 이십 년 넘게 살면서 눈 구경은 손에 꼽힐 정도였다. 첫사랑이 이루어지지 않은 탓을 아무 잘못 없는 눈에게 돌렸고 눈이 자주 오는 강원도 사람을 엄청나게 부러워한 기억이 난다.

남편은 핸드폰에 꽃 사진이 많이 저장되어 있다고 나를 '늙은이'라고 약 올린다. 그럴 때는 고작 나와 한 살밖에 차이 나지 않으면서 젊은 척하는 남편이 꼴 보기가 싫다. 남편 말에 언제까지 젊다고 유세 떠는지, 자기는 안 늙나 보자라며 코웃음을 친다. 계절에 변화를 무심히 넘기는 것보다 꽃 피고 지는 것을 보고 아름다움을 느끼는 여유가 생긴다면 나이 듦이 그리 나쁘지 않다고 생각한다. 꽃은 스스로가 씨앗을 퍼트리고 추운 겨울에 땅속에서 견디다가 꽃을 피우면서 계절의 변화를 우리에게 알려준다. 바쁘게 사는 우리에게 잠깐이라도 꽃이 핀 것을 볼 여유를 선물로 주는 것 같다. 나는 지금 꽃이 주는 여유를 넘칠 정도로 누리고 있다. 이만한 호사가 또 있을까 싶다. 초록의 절정에서 가을이 주는 공기는 나에게 어떤 선물을 할지 벌써 기대가 된다.

잡초에서 '어떻게 살아야 하는지?'를 배운다

 텃밭은 우리 가족에게 먹거리도 제공하지만, 잡초도 덤으로 준다. 학교나 직장에서 가끔 풀을 뽑았다. 그 당시에는 누군가가 시켜서 뽑았기에 잡초 뽑는 일이 여간 귀찮았다. 요즘은 잡초 뽑는 재미가 있다. 밤에 자려고 누웠을 때 다음날 자라난 잡초 뽑을 생각에 설렌다. 오랜만에 보는 사람들이 나를 보면서 얼굴과 팔이 왜 이리 탔냐고 물었다. 그만큼 잡초 뽑는 일에 진심이다. 오후 4시가 되면 나는 작업복을 입고 잡초를 뽑는다. 처음에는 아무 생각 없이 반바지를 입고 나갔다가 모기와 개미에게 물려 며칠을 고생했다. 그 후론 긴 옷을 입고 나갔다. 그럼에도 모기는 나의 옷을 뚫고 내 피를 쪽쪽 빨아먹었다. 결국은 모기 기피제를 뿌리고 나간다.

　처음에는 날마다 조금씩 잡초를 뽑았다. 어느 순간 굳이 잡초를 왜 뽑아야 하는지 궁금했다. 인터넷에 검색해 보니 작물을 망치게 하기 때문이라고 한다. 그건 작물의 입장이고 잡초 입장에서는 억울할 수 있겠다는 생각이 들었다. 같은 텃밭에서 생명을 가지고 뿌리내리고 있는데 어떤 식물은 꽃이라는 이유로, 어떤 식물은 먹거리라는 이유로 주인에게 이쁨받고 행여라도 뽑힐까 봐 정성스러운 보살핌을 받는다. 그에 반면 풀은 잡초라는 이유만으로 가차 없이 뽑힌다. 경제성장에 도움이 되지 않는 사람들, 혹은 다수를 위해 소수가 희생해야 하는 현 우리 사회의 모습과 흡사하여 서글펐다.

　날이 가물어 작물은 말라도 잡초는 쑥쑥 자란다. 하루라도 신경 쓰지 않고 뽑지 않으면 무성하게 자라 자신의 존재를 알린다. 마치 관심을 받고 싶어서 자라는 것처럼 말이다. 존재를 애써서 알리지만 사람들에게 망설임 없이 뽑히는 인생이 참 아이러니하다. 거기까지 생각이 미치자 미안한 마음도 없지 않지만, 그 마음을 외면한 채 매일 매일 뽑는다. 잡초를 뽑을 때 잡초 밑에 있던 개미, 콩벌레 등이 일사불란하게 움직인다. 그 벌레들이 나를 물어 살짝 밉기도 하다. 한편으로 나는 작물을 살리기 위해 잡초를 뽑지만, 벌레 입장에서 보면 자신이 위협당하는 느낌이고 살던 터전이 하루아침에 뽑혀서 없어지는 것일 테다. 나라도 화가 날 것 같다. 그것도 아니면 자신들의 친구인 잡초를 건드리는 것이 싫어서 잡초 대신 항변하는 게 아닐까 싶다.

우리 텃밭의 80% 이상을 차지하는 잡초가 있다. 번식력이 뛰어나다. 이틀 전에 다 뽑았는데 언제 그랬냐는 듯이 무성하게 자란다. 그 잡초의 이름이 궁금하여 네이버 검색 창에서 렌즈를 선택하여 검색해 보니 '쇠비름'이라고 하였다. 각자의 이름이 있었는데 그동안 이름 모를 잡초로 치부하여 미안했다. 이름을 알고 난 후 보니 새롭게 보이고 더 자세히 보게 되었다. 쇠비름이 보일 때마다 즉시 다 뽑아버려 꽃이 피는지조차 몰랐다. 단순히 잡초일 것이라는 내 생각과는 달리 식용이 가능하며 한해살이풀이라고 한다. 짧게 살다가 가는데 내가 굳이 뽑을 필요가 있나 싶다. 이 풀은 이뇨 작용과 자궁 평활근의 수축력 증강 등 약 효능이 있다고 한다. 나 같이 쇠비름에 대한 지식이 전혀 없는 사람에게는 뽑히고 말 운명이지만 효능에 대해 잘 알고 있는 사람이 이 잡초를 발견하게 되면 약초가 된다. 텃밭의 주인으로 누구를 만나는가에 따라 풀의 운명이 달라진다. 마치 어떤 부모를 만나냐에 따라 아이가 다르게 성장하는 것처럼 말이다.

쇠비름의 줄기는 콩나물의 굵기만 한데 뽑을 때 손에 잡히는 느낌이 좋다. 처음에는 뿌리째 뽑아야 다시는 안 난다는 생각에 깊숙이 박힌 뿌리를 호미로 이용해서 모조리 뽑았다. 이제는 뽑다가 뿌리가 끊어지면 아직도 더 살고 싶어 하는 풀의 의지로 보여 뽑지 않는다. 쇠비름과 비슷하게 생긴 쇠비름 채송화도 있다. 그 사실을 몰랐을 때는 쇠비름이 사람에게 눈에 띄지 않기 위해 채송화 틈에 교묘하게 숨어 있다고 생각했다. 아는 만큼 보이고, 관심 가지는 만큼 애정이 있다는 말이 생각났다. 지난 시간을 돌아보니 내 주변에 있는 사람을 내가 보고 싶은 만큼 보고, 상대방이 필요로 하는 관심이 아니라 나의 필요에 따라 관심을 주었다는 생각이 든다.

매일 잡초를 뽑으면서 부지런함을 배웠다. 그뿐만 아니라 자연은 사랑받고 싶은 사람에게 더 사랑을 주고 더 많은 관심을 가지라고 일깨워 줬다. 그 사실을 잊지 않기 위해 오늘도 텃밭에 간다.

게으른 주부로 사는 것이
나의 목표입니다

 퇴사 후 가사 일에 투자할 시간이 많아졌다. 가사 노동에 세 가지 목표를 세웠다. 첫째, 환경을 생각하며 살림을 해보기로 했다. 예전에는 시간이 없다는 이유로 필요한 물건이 있으면 리뷰가 좋거나 저렴한 물건을 주로 샀다. 지금은 물건을 구입하기 전에 재활용으로 대체 가능한가에 대해 먼저 알아본다. 남편은 내가 수납함을 만들기 위해 우유 팩이나 재활 용기를 자르고 있으면 다친다고 경고한다. 예전에 비닐 수납함을 만들기 위해 용기를 자르다가 병원에 가서 손가락을 꿰맨 적이 있기 때문이다. 남편은 그런 것으로 환경 보호하기보다는 집안에 전등을 끄거나 자동차 대신 걸어 다니는 건 어떻냐고 말한다. 그 말을 들은 나는 빈 용기 재활용은 내가 하고, 당신은 걸어 다니는 것으로 각자 선호하는 방향으로 지구를 지키자고 말한다. 나중에 재활용하여 무언가를 만들 때 필요할 것 같아서 커피믹스 손잡이나 아이들이 학교에서 만든 미술 작품에 붙어있는 부속품을 따로 떼어놓아 보관한다. 남편은 그것들을 쌓아두면 지저분하다고 버리라고 한다. 재활용으로 어렵다면 환경호르몬이 덜 나오는 것, 분해되는 제품을 고르고 다회용품을 알아보고 산다. 유튜브를 통해 살림 고수들의 도움을 많이 받았다. 처음에는 그들이 추천하는 제품이 좋아 보여서 구매했다. 그렇게 구매한 것 중 몇몇은 우리 집 환경에 맞지 않아 실패하기도 했다. 남편이 필요하지 않은 물건을 샀다고 '환경파괴자'라고 놀릴까 봐 차마 버리지는 못하고 남편 몰래 창고에 숨겨 둔다. 실패하면서 우리 집에 맞는 것을 찾아가고 있다. 그 과정에서 살림의 재미를 알아간다.

둘째, 손이 덜 가는 방식을 찾는 것이다. 예를 들어 계란을 하나, 하나 옮겨 담는 케이스를 찾기보다는 한 번에 넣을 수 있는 트레이를 검색하는 것이다. 또 하나는 휴지통을 없애고 물건을 사면 따라오는 비닐봉지를 휴지통 자리에 걸

어두기로 했다. 그러면 휴지통을 씻을 필요도 없고 쓰레기가 차면 비닐봉지만 버리는 방식이다. 남편은 내가 집에 있으면 부지런하게 살림하는 모습을 기대했지만, 나는 최대한 덜 움직이는 방식을 택했다.

마지막은 두 달에 걸친 장기 프로젝트였다. 아이들은 노트북을 사기 위해 일 년 전부터 돈을 모으는 중이다. 그 사실을 안 친정 엄마가 어린이날 노트북을 사주라고 돈을 보내줬다. 우리 부부는 아이들이 어릴 때부터 사고 싶은 것이 있으면 본인들이 돈을 모아서 사도록 교육했다. 나는 이 기회에 아이들에게 경제 관념을 심어주고 집안일에 동참할 수 있도록 하였다. 청소 안 해도 생기는 노트북의 내막을 알게 되면 배신감을 느낄 수도 있다. 부디 이 사실을 최대한 늦게 알았으면 좋겠다.

우선 아이들에게 옥효진 선생님의 유튜브로 경제 교육의 미끼를 던졌다. 그다음으로 도서관에 함께 가서 『세금 내는 아이들』을 빌렸다. 나와 아이들이 책을 다 읽은 후, 나는 자연스레 가사 노동에 대한 근로 계약서를 쓰자고 제안했다.

각자 하고 싶은 가사 일을 정했다. 누리는 변기 및 큰방 청소를 하고 마루는 쓰레기통 비우기와 식탁 닦기를 한다고 했다. 그 외 이유 없이 3일 이상 연속으로 가사 일을 안 할 경우에 적용하는 페널티와 근로 시작일, 컴퓨터 받는 일 등을 아이들과 논의했다. 계약서를 작성하고 도장을 찍는 순간 누리가 연가 사용이 가능한지 물었다. 아이가 『세금 내는 아이들』 책을 제대로 읽었음을 짐작할 수 있었다. 또, 미래에 야무지게 자기 밥그릇 챙겨 일할 것 같아 기특하였다. 그렇게 한 달간 아이들은 성실하게 가사 노동에 참여했다. 그 덕분에 나는 좀 편해졌다. 아이들이 가끔 직장에 다니지 않는 엄마가 집안일을 해야 한다며 이의를 제기하기도 했다. 그 반박에 양심의 가책이 느껴지기도 했지만 나는 거기에 굴하지 않고 가사는 가족 구성이라면 함께하는 거라고 가르친다.

각자가 맡은 구역을 일하면서 여러 재밌는 에피소드가 생겼다. 식탁을 담당하는 마루는 우리에게 흘리지 말고 밥을 먹도록 권유하고, 변기를 담당하는 누리는 소변을 볼 때 튀지 않게 사용하도록 부탁했다. 거기에 대변은 자기가 청소하는 구역이 아닌 안방 욕실을 이용하길 요청했다. 더 재미있는 건 두 녀석이 다툰 날에는 상대가 청소하기 힘들게 의도적으로 어지른다. 생각지도 못한 상황이 발생하여 그 후로 그러한 행동을 할 경우 상대방 청소 구역까지 치우도록 규칙을 정했다.

한 달 동안 아이들에게 청소하는 것을 알려주는 번거로움이 있지만 오히려 치우라는 잔소리가 줄었다. 변기 청소 후 시키지도 않았는데 물이 빠지도록 욕실화를 가지런히 세워두는 누리와 쓰레기가 찬 비닐봉투를 버리면서 주변까지 정리하는 마루가 기특했다. 가사 노동은 함께 해야 한다고 말해야 하는 에너지를 뺏기지 않게 되었다. 맛보기로 청소 기간인 한 달이 끝났다. 마루는 청소 계약을 종료했고 누리는 재계약을 했다. 청소하는 조건으로 용돈을 제시했지만, 아이는 한 달에 게임 시간 2시간을 더 달라는 조건을 제시했다. 재계약이 불발된 마루도 기회를 엿봐서 다시 제안해 볼 예정이다.

그동안 직장 때문에 바쁘다는 핑게로 물건이 떨어지면 채워놓기에 바빴다. 아이들에게 같이 가사 일에 동참하기를 설득할 시간에 혼자 빨리 해치우는 것을 선택했다. 이제는 효율적으로 시간을 단축할 수 있는 제품과 우리 가족에게 이로운 것을 고를 수 있게 되었다. 아이들과 함께 일하기 위해 인내심을 가지고 충분히 기다려줄 수 있는 여유도 생겼다.

나는 게으른 주부 생활을 영위하기 위해 시간이 오래 걸리더라도 내가 세운 세 가지 목표에 따라 이행할 생각이다.

가사 노동으로 내 존재를
드러내지 않겠다는 결심

우리 집은 남편이 요리하고 그 외 나머지 집안일을 내가 한다. 각자가 일하는 영역에 크게 불만이 없다. 나는 남편에게 음식이 맛없다고 말하지 않는다. 솔직히 딴지를 걸고 싶지만, 맛있다. 남편 역시 집이 더럽다, 빨랫감이 이틀 동안 쌓여있다 등의 잔소리를 잘 하지 않는다. 상대방의 구역에 본인이 치우지 않는 이상 참견하지 않겠다는 우리 부부의 암묵적인 약속이다.

나는 안방에 있는 욕실이 지저분한 상태인 것을 알았고 주말에 청소할 계획이었다. 남편은 그 이틀을 참지 못하고 나에게 하루 종일 집에 있으면서 욕실 청소도 안 한다고 말했다. 나를 비난하는 말투가 아니라 농담처럼 가볍게 던진 말이다. 그럼에도 순간 나는 내가 직장을 다니지 않는다고 저러는 건가? 아니면 자기 혼자 돈 번다고 유세를 떤다는 생각이 들었다. 온전히 나의 자격지심이다. 그럼에도 결혼해서 한 번도 욕실 청소를 안 한 사람으로서 해서는 안 될 말이다. 나는 남편에게 아주 조용하지만 단호하게 당신이 청소 안 할 거면 상관하지 말라고, 집안일은 내가 계획을 세우고 하고 싶은 날 하겠다고 말했다. 당신의 말 한마디에 움직이지 않을 것이며 나는 당신의 부하 직원이 아니므로 상사 노릇을 하지 말라고 했다.

어린 시절, 엄마는 결벽증에 가깝게 집안일을 했다. 가사 일이란 게 해도 티도 나지 않고 조금만 게을러도 눈에 확 띌 정도로 지저분해진다. 그럴 때 모든 비난이 엄마에게 갔다. 깨끗함을 유지하기 위해 보이지 않는 엄마의 노고가 들어간다. 가족은 가사 노동이 결코 당연하지 않은데 당연하게 요구한다. 나는 가족들이 내가 가사 노동하는 것에 대한 고마움을 알길 바란다. 기본적인 가사 노동은 하겠지만 열의를 다해 노력하고 싶지 않다. 가사 노동은 의무적으로 누군가는 해야 한다. 한 사람에게 집중되기보다는 가족 전 구성원이 참여해야 한다고 생각한다.

지금 와서 생각해 보면 엄마는 바지런하게 일하므로 자신의 존재로 인정받고 싶어 했지만, 그 누구도 알아주지 않았다. 매번 그럴 때마다 엄마가 좌절하는 모습을 봤다. 엄마는 언젠가는 알아줄 것이라는 믿음으로 집안일을 포기하지 않았다. 가족들이 외면할수록 더 집착했다. 나는 청소를 깔끔하게 하고, 옷을 비롯하여 팬티까지 주름 없이 칼각으로 다림질하는 엄마처럼 나의 존재를 증명하고 싶은 마음은 추호도 없다. 가사 노동이 누군가에게는 보람되지만, 나에게는 성취감을 주지 않는다. 가사 노동하느라 에너지를 빼앗기기보다는 차라리 그 시간에 낮잠을 더 자고 싶다.

퇴사는 했지만 집안일에만 집중하고 싶지 않다. 그동안 배우고 싶었지만 직장 때문에 미뤄왔던 것들을 배울 계획이다. 내가 하고 싶었던 일, 좋아하는 일로 성장해서 인정받고 싶다. 꾸준히 책을 출간하고, 북토그를 하느라 바빴으면 좋겠다. 어느 날은 공모전에 내 글이 당선되어 가족들에게 생색내며 비싼 소고기로 한턱내고 싶다. 독서 모임에 다녀

온 날은 콧노래를 흥얼거리고, 노는 것을 진심으로 좋아하
는 존재로 비치길 바란다.

집안일에 스트레스 받지 않을 자세

이나가키 에미코 작가가 쓴 『살림지옥 해방일지』에서 그는 살림에서 해방되기 위해서 화장실 변기 청소 솔까지 버릴 만큼 단출하게 산다고 한다. 집안일을 최소한으로 줄일 순 있어도 완전 해방되기는 쉽지 않다. 집안일은 해도 끝이 없고 티도 나지 않는다. 그 작가처럼 살림을 극단적으로 줄일 자신은 없지만, 이왕 하는 집안일에 스트레스받지 않는 선에서 즐겁게 하고 싶다. 그러기 위해서 나름 몇 가지 기준을 세웠다. 하루에 2시긴 이상 집안일을 하지 않는 것이다. 매일, 매일 해야 하는 것과 하지 않아도 되는 것을 분류했다. 설거지, 빨래, 청소기를 미는 것 등은 바로바로 하지만 시간적 여유를 가지고 해도 되는 건 즉각적으로 하지 않는다. 예를 들어 현관 청소, 유리창 닦기, 옷장 정리 등이다. 이것들은 내가 하고 싶은 날, 상황에 따라 한다. 그렇다고 하루에 많은 것을 하지 않고 딱 1~2개만 한다. 예를 들어 지저분한 다용도실을 치운 날에는 다른 곳이 아무리 더러워도 하지 않는다. 한꺼번에 다 하는 것이 체력적으로 힘들고 나의 에너지를 집안일에 다 쏟고 싶지 않다.

또 하나는 해야 하는 집안일의 리스트를 따로 만들지 않는다. 계획을 짜서 하다 보면 정해진 날에 해야 하는 집안일을 하지 않은 사실에 괴롭다. 청소하는 날이 정해져 있지 않으면 미루는 것에 대해 죄책감을 느끼지 않아도 되고 꼭 해야 한다는 의무감에 끌려다니면서 하지 않아도 된다. 나의 청소 스타일은 치약을 버리기 전에 가위로 잘라 찌든 때를 제거하기 위해 주방이나 욕실을 대청소하거나 아이들이 더는 입지 못하는 옷을 버리기 전에 그 옷으로 유리창 틀이나 창을 닦는다.

계획 없이 해도 집 안을 전체적으로 청소하면 또다시 처음 시작한 부분부터 다시 시작한다. 그렇게 집안일 하는 순서가 생긴다. 물론 하기 싫은 날은 건너뛴다. 그럴 때는 귀신같이 어찌 알고 누리는 집이 지저분하고 더럽다고 한소리 한다. 시어머니도 안 하는 잔소리가 무서워서 미리 할 때도 있다. 때로는 누리가 내가 청소하는지 안 하는지 체크하기 위해 남편이 심어 둔 인간 가정용 홈 CCTV가 아닌지 의심이 들기도 한다.

한번은 벽걸이 선풍기가 지저분해서 분해해서 씻었다. 선풍기의 물기가 마른 후 다시 조립해 놓았다. 퇴근 후 남편에게 선풍기를 벽에 걸어 달라고 했다. 선풍기를 벽에 걸고 돌리니 소리가 이상했다. 늘 하던 대로 조립했는데 그날따라 날개를 거꾸로 단 것이다. 나는 선풍기에서 이상한 소리가 나서 당황했다. 남편이 재빨리 선풍기를 끈 후 인상쓰면서 쳐다봤다. 퇴근 후 좀 더 쉬게 해주고자 하는 마음에서 조립했는데 내 마음을 알아주기는커녕 잘못 조립했다고 레이저 눈으로 나를 쏘아보아서 화가 났다. 남편에게 다음부터는 선풍기 청소는 당신이 직접 하라고 말했다. 우리는 그날 밤 냉랭한 분위기에서 잠을 잤다.

다음날 혼자 집에 있으면서 집안일의 목표가 무엇인지를

생각해 보았다. 깨끗한 집 상태 유지, 다른 가족 구성원에게 쾌적한 공간 제공, 우리 집에 오는 사람에게 보이기 위한 관상용 등등 저마다 다양한 이유가 있을 것이다. 이러한 것들은 결국, 내가 행복한 것이 최종 목표다. 이번 일을 겪으면서 집안일 하면서 다른 사람의 행동에 따라 반응하지 않겠다고 다짐했다. 선풍기를 씻은 후 깨끗해진 것 자체에만 행복감을 느꼈다면 남편의 태도에 화가 나지 않았을 것이다. 다른 이에게 칭찬을 듣는 것에 만족하고 기대하는 대신 나에게 초점을 맞춰 살림에 재미를 느껴야겠다. 그래야만 집안일을 지치지 않고 즐겁게 오랫동안 할 수 있다.

집을 치우는 행위는 단순히 주변을 깨끗하게 하는 차원을 뛰어넘는다. 정갈하게 정리된 공간에서 밥을 먹고 휴식을 취하기 위한 준비 과정이다. 집안일은 결국 나를 귀하게 여기는 행위다.

정리정돈의 발견

    아이들 학습지 비용이라도 벌어 생활비에 조금이라도 보태볼 요량으로 아이들이 학교 간 틈에 일할 수 있는 아르바이트 자리가 있는지 알아보았다. 마트 판매원, 식당 서빙, 그것도 아니면 자격증을 요구하는 도서관 사서 등 내가 할 수 있는 일이 마땅히 없었다. 유일하게 할 수 있는 건 간단하게 워드를 입력하는 일뿐이다. 타자 치는 게 느린 나는 그 일마저도 쉽지 않다.

    돈을 벌 수 없다면 덜 쓰는 법을 택했다. 첫 번째로 집에 있는 물건 정리를 했다. 이때까지는 찾는 물건이 보이지 않으면 찾아보지 않고 바로 구입했다. 또는 할인하는 물건이 있으면 이때 아니면 살 수 없을 거라는 생각에 필요하지 않아도 일단 사서 쟁였다. 할인하는 물품은 늘 할인하고 원래 그 가격이라는 걸 미처 몰랐다. 물건을 사면 쓰지도 않고 계속 쌓여가고 공간은 좁아졌다. 어느 정도냐면 지금 사는 집으로 이사 올 때 이삿짐센터 기사가 집에 비해 물건이 너무 많다며 견적을 적게 낸 것에 대해 후회하였다. 그때 그 표정이 아직도 잊히지 않는다. 남편은 나에게 물건이 사고 싶으면 무언가를 비우라고 하지만 물건을 버리는 것이 나에게는 익숙지가 않다.

집에 있는 물건 하나하나 정리하니 그 양이 어마어마했다. 양도 양이지만 과탄산소다가 3봉지나 있고 어느 행사에서 받은 듯한 비닐 팩이 10개가 있었다. 이처럼 똑같은 물건들을 많이 쟁여 놓았고, 마치 재난을 대비하여 사재기한 것처럼 생필품은 한동안 사지 않아도 될 정도다. 길거리를 지나다니다 받은 샘플 화장품은 모아 두었다가 결국 유효기간이 지나 버리는 경우가 허다하다. 이런 걸 두고 아끼다가 똥 된다고 한다. 지금은 날짜별로 정리하여 유효기간이 짧은 것부터 사용 중이다. 오랫동안 신지 않아 신발은 삭았고 양념 소스와 비상약 대부분은 유효기간이 지나 먹을 수가 없어 폐기했다. 이전까지는 물건이 마음에 들거나 좋아 보이면 망설임 없이 샀다. 이러한 소비패턴이 쉽게 변하지는 않겠지만 사용의 빈도수가 많은지를 따져 본 후 사는 소비 습관을 지녀 볼 계획이다. 나는 그동안 돈을 버는 동시에 버리고 있었다.

최대한 집에 있는 물건을 사용하고자 노력하고 있다. 명절에 받은 선물을 싼 보자기를 이용하여 선풍기 커버로 사용하고, 가방을 살 때 생기는 더스트 백을 활용하여 겨울옷을 접어서 보관한다. 이처럼 집에 있는 물건을 활용하는 방법을 찾아가는 과정에서 이름 모를 희열이 느껴진다. 그리고 더는 사용하지 않는 것들을 정리했다. 다시 읽을 계획이 없는 책은 중고로 팔거나 도서관에 기증했다. 책을 팔 때 한 권의 가격은 낮지만 여러 권 팔면 책 한 권을 살 정도 가격이 나온다. 추억이 있어 차마 버리지 못한 아이들의 장난감과 옷, 동화책 등 쓰지 않는 물건들을 비웠다. 정리할 물건들이 아직도 많이 남아 있지만, 기존에 있던 물건을 비우고 나니 공간이 생겼다. 비우고 나니 왠지 모를 뿌듯함이 느껴졌다. 정리하면서 어떤 식으로 정리해야만 동선이 짧아지고 두 번 움직이지 않게 효율적인지를 터득했다. 집안일에는 전부 흥미가 없다고 생각했는데 전부 싫어하는 것은 아니었다. 물건을 정리하는 과정도 나름대로 재미있다.

　정리는 단순히 환경을 위하거나 미니멀 라이프 추구를 위해 절약하는 차원이 아니다. 물건을 비우므로 자동으로 집에 있는 물건이 파악되어 돈을 아낄 수 있다. 그로 인해 살림이 파악되고 어떻게 꾸려야 하는지 그림이 그려진다. 저축의 시작이 정리에서부터 비롯된다는 것을 깨달았다. 아는 지인이 자신이 자수성가한 이유 중 하나가 제자리에 물건을 두고 수시로 정리하는 습관으로 세는 돈을 막고 모을 수 있다고 말했다. 그 당시에는 크게 와 닿지 않았던 그 말의 뜻이 이제야 이해가 간다.

"빨래는 세탁기가 하잖아!"

저녁 7시는 아이들과 함께 공부하는 시간이다. 대체로 아이들은 시간을 잘 지켜서 하는 편이지만 때로는 하기 싫어한다. 직장 다닐 때 엄마가 너희들을 위해 열심히 돈을 벌듯이 너희는 학생으로서 공부하는 게 너희의 역할이라고 말한 적이 있다. 퇴사 후 그 말에 설득력이 떨어졌다. 어느 날 누리가 오늘은 공부하지 않겠다고 말했다. 내가 아이에게 공부를 잘하는 것보다 꾸준히 매일 하는 게 중요하다고 말하자, 누리가 엄마는 이제 돈을 벌지 않으니 엄마로서 역할을 다하지 않는다고 나에게 반격했다. 이전에 아이들을 공부시키기 위해 한 말이 나에게 부메랑이 되어 돌아오리라는 생각을 미처 하지 못했다.

　나는 누리에게 지기 싫어 엄마도 너희가 벗어 놓은 빨래, 신발 빨기 등 여러 가지 집안일을 하며 글도 꾸준히 쓰고 있다고 말했다. 초등학생을 상대로 아이들이 없을 때 한 일들을 나열하는 것 자체가 유치했다. 운동화는 매일 빠는 것도 아니고, 요리는 아빠가 하고 큰 방과 변기 청소, 쓰레기를 버리는 일은 나와 마루가 하고 있는데 그럼, 남는 건 빨래뿐인데, 솔직히 그건 세탁기가 빤다며 2차 반격이 들어왔다. 아이들이 청소한 부분이 미흡하여 내가 다시 하면 하는 사람 기운 빠질까 봐 앞에서는 칭찬하고 뒤에서 몰래 내가 다시 한다. 이런 내 마음도 모르는 것 같아 괘씸한 생각이 들었다. 이 말을 누리가 했으니 망정이지 남편이 했더라면 그날은 부부싸움 각이다. 아이들이 학교에서 돌아왔을 때 깨끗한 상태로 맞이하기 위해 집안일은 오전에 해왔다. 그 말을 듣고 난 후 집안일 하는 시간을 바꿨다. 이순신 장군은 전쟁에서 이기기 위한 전략으로 '나의 죽음을 적에게 알리지 마라'고 했지만 나는 앞으로 집안일 하는 것에 유세를 떨 것이며 내가 집안일에 하는 것에 고마움을 모르면 바로 불편함을 느끼게 하겠다고 마음을 먹었다.

아이들이 학교에 간 시간 동안은 집안일 하는 대신 수영장이나 독서 모임에 가거나 글을 쓰는 등 나를 위해 시간을 투자하고 아이들이 볼 때 집안일을 하는 것으로 순서를 바꿨다. 꼭 오전에 해야 하는 집안일을 제외하고는 나머진 오후로 미룬다. 예를 들어 빨래를 돌리고 너는 것은 오전에 하고, 빨래를 걷고 개는 것은 아이들이 학교에서 돌아오는 2시 이후에 한다. 빨래를 개면서 아이에게 양말 옷 개는 법을 가르쳐주고 한번 해보라고 한다. 처음에는 호기심으로 하다가 어렵다고 이내 포기한다. 나는 누리에게 네가 어렵게 여기는 것을 엄마는 매일 하고 있음을 알려준다. 빨래 양이 적어 당장 세탁기를 돌리지 않아도 되고 다른 옷을 입어도 되지만, 누리가 좋아하는 옷을 다음날 입을 수 있게 하는 것은 엄마가 너를 생각하는 마음에서 이어지는 수고임을 알려 준다.

나는 집안일은 하찮은 일이 아니며 상당한 시간과 노력이 필요로 하는 부분임을 말한다. 엄마가 예전보다 집에 있는 시간이 많아 집안일을 더 많이 하겠지만 모든 부분을 엄마가 다 책임지고 해야 하는 것은 아님을 알려 주었다. 또한, 엄마의 역할이 다양한데 직장에서 일하는 것만 강조해서 너를 오해하게 만든 부분은 잘못했다고 말했다. 나는 아이들이 일어나면 입었던 잠옷은 스스로 정리하도록 하며 세탁을 위해 자신이 벗은 옷은 빨래 바구니에 넣지 않으면 아이에게 빨래통에 넣어야 한다고 알려주는 등 아이들이 할 수 있는 부분은 내가 다 하지는 않는다.

이처럼 집안일은 엄마를 대신해서 하는 것이 아니고, 직장에 다니는 여부를 떠나 함께 사는 가족 구성원이라면 다 같이 하는 일임을 알려 주었다. 집안일뿐만 아니라 모든 일에는 당연한 수고는 없기에 자기를 대신하여 누군가가 그 일을 한다면 고마움도 알아야 한다는 것도 분명하게 말했다.

오늘의 미션은 운동화 빨기입니다

남편에게 직장을 그만두겠다고 말했을 때 나에게 두 가지 조건을 내세웠다. 첫째, 퇴사한 것에 대해 후회하지 않기. 둘째, 우울하게 지내지 말기였다. 솔직히 그 약속을 지킬 자신은 없지만 그만두는 것이 우선이었기 그러겠다고 대답했다. 생각보다 그 약속대로 살고 있다. 그러나 가끔 한 번씩 훅하고 부정적인 감정이 올라온다. 그럴 때는 그러한 감정을 느끼는 것을 인정한다. 다만, 그 감정에 매몰되지 않고 빨리 빠져나올 수 있게 의도적으로 바쁘게 움직여서 그 생각을 떨쳐 버린다. 이 방법이 나에게는 효과가 있다.

남편은 생긴 건 곰 같지만 실제로는 여우라서 눈치가 빠른 건지, 밝은 척하는 나의 연기가 어색하여 티가 나는 건지 우울한 낌새를 눈치챈다. 그럴 때는 출근하기 전에 나에게 자신의 운동화를 빨아 놓거나, 자신의 옷장을 정리해 달라고 말한다. 처음에는 내가 집에 있으니까 시켜 먹는다고 생각했다. 나 나름대로 놀기도 바쁜데 남편의 요청이 귀찮기도 했다. 운동화를 빨아야 할 때는 운동화를 세탁소에 맡기고 싶은 마음이 굴뚝같았다. 하지만 수입이 준 지금은 나의 노동으로 생활비를 아낄 수 있으면 아껴야 하는 상황이므로 투덜대면서 빤다. 간혹 밤늦게까지 안 자고 있으면 남편은 내일은 잠이 잘 오도록 잡초를 뽑으라고 한다. 잡초를 뽑기 싫으면 남편 몰래 자는 낮잠 시간을 줄여야 한다. 결코, 내가 고민 있어 자지 않는 것이 아님을 남편이 모르도록 말이다.

운동화를 최대한 단시간에 빠는 방법을 검색한다. 운동화를 과탄산소다에 담가 두었다가 빨면 때가 쉽게 빠진다는 팁을 알아낸 후 그대로 실행에 옮긴다. 일정 시간이 지난 뒤 솔로 운동화를 박박 문지른다. 다음에 남편이 운동화를 고를 때 밝은색을 고르면 어떠한 이유를 대어서라도 어두운 계통의 신발을 추천하겠노라는 의지가 불타오른다. 처음에는 귀찮음으로 시작했다가 개운함과 내가 오늘 무언가를 해냈다는 뿌듯함을 느낀다. 엄마가 기분이 안 좋을 때 집안 전체를 뒤집어 놓는 이유를 알 것 같다.

　빨아 놓은 운동화에 끈까지 묶어서 현관에 가지런히 놓아둔다. 남편은 오늘은 마누라가 빨아 놓은 운동화를 신고 출근한다며 나의 노력을 그냥 지나치지 않는다. 그 말에 나는 다음에도 빨아주겠다고 말을 하는 순간, 나를 조련하는 방법을 아는 그는 여우라는 것을 깨닫고 내가 낚였다는 생각에 찜찜함이 남는다.

　미션클리어 했다고 보고하면 내일은 신발장 정리, 다음 날은 텃밭 정리 등 다양한 미션이 나를 기다린다. 물론 바로 하지는 않는다. 언제 할 것인지는 내가 정하는데 그건 남편의 말에 의해 내가 움직이는 게 아니라는 것을 보여주기 위함이고, 나의 알량한 자존심을 지키기 위함이다. 시작은 남편의 말 한마디였지만 집안이 조금씩 반짝이며 변하고 있다.

장난스러운 그의 미션에서 남편이 나를 향한 열렬한 사랑까지는 아니더라도 애정 내지 전우애가 있다는 것을 느낀다. 내가 퇴사 후 잘 지낼 수 있는 것은 미련을 가지고 뒤돌아보지 않고 잘 살겠다는 나의 의지도 있지만, 남편의 지지가 있었기에 가능했다. 남편은 뼛속까지 현실적인 대문자 T이지만, 무슨 일이 생길 때 나의 의견을 언제나 수용한다. '언제나'라는 말에는 내가 잘하든 잘못하든 간에 상대방이 나를 그대로 인정하고 신뢰한다는 의미를 내포하고 있다. 이렇게 든든한 남편이 옆에 있기에 나는 오늘도 재미있는 놀거리를 찾는다. 남편의 집안일 미션 리스트 속에는 아내가 오늘 하루를 행복하게 지내기를 바라는 미션을 숨겨놓았다는 것을 나는 안다. 명색이 작가이기에 그의 행동과 말투에서 남편이 말하는 문맥의 의도를 읽을 수 있는 능력이 있다. 그 마음을 읽었기에 나는 고마움을 안다.

빨래가 마르기까지 시간이 필요하듯이

하루에 세탁기를 기본으로 두 번씩 돌린다. 빨래를 개면서 마루에게 날마다 매일 빨래를 하는데도 줄지 않는다고 하소연하니 나에게 아들이 두 명인데 당연하다고 말했다. 아들이 맞는 말을 하는 것 같아 웃음이 나왔다. 태풍으로 인해 며칠째 해가 쨍하지 않았다. 건조기가 없는 우리 집은 빨래할 때 날씨가 중요하다. 아침에 일어나보니 구름은 끼어 있었지만 금방 비가 내릴 것 같지 않았다. 오후 늦게 비가 온다는 일기예보가 있다. 나는 빨래를 밖에다 널고 혹여나 비가 올까 봐 계속해서 창문을 내다본다. 흐린 날에는 빨래가 빨리 마르도록 어느 정도 시간이 흐른 후 전을 뒤집듯 빨래를 뒤집어 넌다. 앞전에 깜빡 잠들었는데, 후드득 떨어지는 빗소리에 깜짝 놀라 잠에서 깼다. 몇 초간의 소나기로 빨래를 다시 돌린 적이 있기에 온통 신경이 빨래에 가 있다. 비 오는 것에 대비하여 나에게 필요한 건 총알같이 밖에 나가 빨래를 걷어오는 빠른 스피드다. 대기하고 있다가 비가 내릴 조짐이 보이면 신속히 빨래를 걷어서 빨래를 두 번 돌리는 일은 없어야 한다. 다행히 그날은 빨래가 다 마를 때까지 비가 쏟아지지 않아 보초 쓴 보람이 있었다.

날이 흐린 날은 수영장에도 가지 않고 점심을 먹은 후 낮잠도 포기한 채 오매불망 빨래가 마르기만 기다린다. 이쯤 되면 건조기를 구입할 법도 하다. 건조기의 편리함은 인정한다. 하지만 나는 건조기의 뜨거운 스팀으로 말리는 것보다 자연광에서 말리는 것을 더 선호한다. 또한, 건조기 필터에 먼지를 제거하는 것도 집안일로 추가가 된다. 건조기 필터 청소를 하는 노력과 빨래를 너는 것에 노력이 필요하다면 나는 둘 중에 후자를 선택하고 싶다. 무엇보다 빨랫줄에 가득 차게 넌 빨래가 바람에 날리는 풍경이 운동회 때 파란 가을 하늘에 펄럭이는 만국기를 보는 듯하다. 형형색색 빨래를 바라보고 있으면 청량감이 느껴져 기분이 좋아진다.

또 자연 건조를 고집하는 이유는 바짝 마른빨래에서 나는 햇볕 냄새와 뽀송뽀송한 촉감이 너무 좋다. 특히나 다른 빨래보다 바짝 마른 수건을 만지면 느껴지는 까끌까끌함이 기분 좋다. 어릴 때 그 냄새가 좋아 걷어 온 빨래에 코를 박고 냄새를 맡기도 했다. 신혼 시절에 빌라에 살 때는 밖에 빨래 널 공간이 없는 것이 아쉬웠다. 분명 빨래는 말랐는데 뽀송하지가 않아 개운하지가 않았다. 처음에 마당이 있는 집으로 이사 왔을 때 빨래를 햇볕에 말릴 수 있다는 사실이 너무나 좋았다.

어느 날은 구름이 계속 이동하면서 해를 가리면 어두워졌다가 금세 해가 나타나기를 반복했다. 자연히 나의 고개도 계속해서 하늘을 바라본다. 밀당도 어느 정도껏 해야 하는데 날씨는 너무 변덕스럽다. 연애할 때도 밀당 같은 건 하지 않았는데, 지금 일방적으로 빨래에 당하고 있는 내가 우습다.

자연에 의해서 시간을 두고 천천히 말라가는 빨래가 마치 나를 보는 것 같다. 퇴사 후 아직 뚜렷한 나만의 브랜드가 정착되지 않았다. 빨래가 다 마른 후 뽀송해지듯이 나에게도 빛나는 날이 올 것이라 기대해 본다. 재촉하지 않고 빨래가 자연스럽게 마르도록 기다리는 것처럼 옆에서 묵묵히 기다려주는 남편이 있다는 사실에 감사하다. 빨래를 말리는 일에도 사람의 노력과 시간이 필요하다. 이렇게 빨래를 말리는 사소한 일도 그러한데 내가 행복하게 사는 일은 더 많은 시간과 정성이 필요하다. 갑자기 소나기가 쏟아져서 빨래를 다시 해야 하는 날이 있듯이 나 역시 시행착오로 지금 하는 일을 처음부터 다시 하는 순간도 있을 것이다. 비에 젖었다고 해서 빨래를 다시 할 건지 고민하지 않고 다시 세탁기를 돌린다. 나 역시 낙담하지 않고 내가 좋아하는 일을 계속해 나가고 싶다. 빨래가 마르는 데까지 시간이 걸리지만 언젠가는 마른다는 결론은 이미 나 있다. 나 또한 포기하지 않고 꾸준히 하다 보면 언젠가는 빛날 것이다. 그렇게 나는 천천히 내면을 다지고 행복을 찾아는 일에 시간을 들여 정성으로 가꾸어 나가고 싶다.

3,200원의 무게가 무겁다

나와 남편 둘 다 20년 넘게 일했다. 장기근속으로 받는 월급의 액수가 그리 적지가 않았다. 매달 꼬박꼬박 적금하며 맛있는 음식을 먹고 싶으면 돈에 구애받지 않고 고민 없이 사 먹었다. 내가 일을 그만둔 지금은 그런 여유가 사라졌다.

퇴사 후 통장 잔액을 확인하는 버릇이 생겼다. 물건 하나 사더라도 한 번 더 고민하고 망설이게 된다. 이런 내 모습을 보면서 짠돌이는 사람의 특징이 아니라 상황이 그렇게 만든다는 생각이 든다.

한번은 이런 일이 있었다. 우유를 잠시 끊었다가 다시 먹기 시작했다. 끊을 당시 두 달 후에 넣어 달라고 요청했다. 미리 말씀하신 날에 들어오지 않아 이틀 후 연락을 드렸다. 우유 대리점 사장님은 깜빡 잊으셔서 우유를 넣는 지정일이 아닌 다음 날에 넣어 두셨다고 한다. 사장님은 하루 동안 우유가 밖에 있어서 상했을 거라고 버리라고 했다.

그렇게 한 달이 지났고 우유 청구서가 날아왔다. 청구 금액에는 첫날에 버린 우유의 금액을 뺀 나머지가 청구되어 있었다. 청구서를 보면서 번뇌가 찾아왔다. 내가 먹지도 않았기에 우윳값을 내지 않는 게 맞는 건지, 그렇다고 전적으로 우유 대리점 사장님의 실수도 아닌데 내는 게 맞는지 고민되었다. 평상시라면 그냥 내고 말았을 돈을 두고 갈등하는 내 모습이 우스웠다. 3,200원이라는 액수의 무게가 크게 느껴졌다.

불과 몇 달 전까지만 해도 통장에 돈이 쌓여갔다. 그 재미가 쏠쏠했다. 행사가 있거나 축의금 등 예상치 못한 돈이 많이 빠져나가는 달이 있다. 그렇게 쑤욱 빠져나가는 것을 보고 있노라면 가슴이 쪼그라들어가는 느낌이다.

그로 인해 나의 행동 몇 가지가 변했다.

첫째, 한 여름날, 혼자 돈 버는 남편에게 미안한 마음에 더워도 에어컨을 잘 틀지 않는다. 왠지 나 혼자 호사를 누리는 것 같이 느껴진다. 남들은 전기세를 아끼기 위해 은행에 간다고 한다. 나는 차마 그렇게까지 할 배짱은 없어서 장시간 돌린 선풍기의 미지근한 바람을 벗 삼고 있다. 참고로 우리 집은 태양열을 설치해서 한 달에 많이 나와도 기껏해야 6,000원 정도 나온다. 이건 돈의 문제가 아닌 내 양심이 허락하지 않는 것이다.

둘째, 관심도 없던 무료나 저렴하게 이용할 수 있는 혜택이 있는지 알아본다. 의외로 무료로 아이들 학습지를 제공하는 곳도 많고 내가 들을 수 있는 강의도 있다. 정보력 부족으로 그동안 돈이 새는 줄도 모르고 아무 생각 없이 살았다. 예전에는 별 차이가 나지 않아 장애인 할인을 굳이 받지 않았다. 지금은 꼭 장애인 할인을 받아 수영장을 다닌다. 남들에게는 적용되지 않는 할인을 나만 받는 것에서 오는 쏠쏠한 즐거움이 있다.

셋째, 이 부분이 가장 힘든 점이다. 내가 좋아하는 작가의 신간이나 소장의 욕구를 부르는 책을 마음껏 사지 못한다. 도서관에 있는지 검색하거나 희망 도서를 신청한다. 작가로서 내 책은 사주길 바라면서 정작 나는 도서관에서 빌려 읽는 사실이 영 찜찜하다. 사죄하는 마음으로 내가 빌려 읽는 책이 잘 팔리도록 빌어주고 있다. 책을 구입하는 횟수가 줄어들면서 신간 배송 알림의 설렘도 사라졌다. 그 대신 희망 도서를 신청한다. 몇 번 해보니 나만의 팁도 생겼다. 인기 있는 책은 굳이 내가 신청하지 않아도 다른 사람이 신청하기에 나는 베스트셀러가 아닌 내가 읽고 싶은 책을 신청한다. 신청 후 2주에서 한 달을 기다려야 한다. 나의 인내력이 커지고 있다.

돈이라는 게 사람을 치졸하게 만들고 기존의 생활 방식까지 바꿀 줄은 몰랐다. 그렇다고 퇴사한 것에 후회하지 않는다. 직장이 주지 못하는 자유 시간과 스트레스로부터 해방된 것을 맞바꾼 지금의 삶을 만족한다.

가벼워지는 통장을 보면서 좀 더 글을 더 열심히 써야겠다는 각오가 생긴다. 내가 쓰는 글이 벌어다 주는 돈으로 돈이 가득 차는 통장을 상상하며 나는 오늘도 어김없이 생존형 글을 쓴다.

이제야 엄마를 이해하는
딸이 되었다

　IMF 때 아빠가 운영하는 회사는 견디지 못하고 부도가
났다. 엎친 데 덮친 격으로 동생은 암 투병을 하다가 하늘나
라로 갔다. 남겨진 병원비와 회사 부도로 우리 집은 가난에
허덕였다. 당장 내일 먹을 쌀이 없어 엄마는 옆집에 쌀 동냥
을 다녔다. 늦둥이 막냇동생의 분유가 떨어질까 봐 전전긍
긍했고 나는 차비가 없어서 다음날 학교 가는 것을 걱정했
다. 이런 상황에서 친정엄마는 생활비를 최대한 타이트하
게 절약하며 살았다.

　어린 시절에 아침마다 가스레인지에 들통을 올리는 소

리에 잠이 깼다. 보일러를 트는 대신 끓인 물로 우리 가족은 머리를 감고 세수했다. 아침마다 번거로운 그 일을 엄마라는 책임감을 가지고 감당했다. 우리 집은 겨울이 되면 어김없이 나타나는 전기장판, 실내용 난로, 두꺼운 패딩 조끼, 수면용 잠옷이 등장한다. 내복은 기본이고 패딩 조끼까지 몇 겹씩 껴입었음에도 불구하고 아무리 온도를 올려도 따뜻하지가 않았다. 우리 집의 가난함을 더 극명하게 체감하는 겨울이 나는 싫었다.

집이 너무 추워 늘 움츠려 지냈다. 나의 어깨는 항상 결렸다. 오히려 학교와 도서관이 따뜻했다. 나는 으리으리한 집에서 살아서 맛있는 음식이 있는 친구는 하나도 부럽지가 않았다. 대신에 한 겨울에 집안에서 반팔 입는 친구가 부러웠다.

엄마에게 택시를 타는 건 상상조차 할 수 없는 일이었고 두세 정거장 정도 걸어가는 것은 기본이었다. 일 년에 자신을 위해 옷 한 벌 사지 않았다. 아등바등하며 사는 모습이 보기 싫었다. 다른 친구들이 메이커 가방, 신발을 살 때 나는 시장에서 물건을 샀다. 오리털 패딩을 입는 대신에 바람이 숭숭 들어오는 솜으로 채워진 외투로 겨울을 지냈다. 한 번은 외할머니가 주신 용돈으로 유명 브랜드 신발을 샀다. 세상을 다 얻은 기분이었다. 너무나 좋은 나머지 끌어안고 잔 기억이 난다. 엄마라고 자식에게 왜 좋은 거 사주고 싶지 않았을까? 그 마음도 모른 채 엄마를 원망했다. 나는 크면 엄마처럼 저렇게 살지 않을 거고 자식들이 원하는 건 사주겠다고 다짐했다. 남편의 수입으로 산 지 8개월에 접어들면서 친정엄마가 이해되었다.

솔직히 맞벌이할 때는 빚 없이 차곡차곡 저금하면서 살았기에 통장 잔액에 그리 관심이 없었다. 이제는 신경이 쓰일 수밖에 없다. 물건을 살 때도 가격을 비교하며 산다. 예전에는 비싸지만 귀찮아서 가까운 편의점을 이용했다. 이제는 조금 멀어도 마트에 간다. 목돈이 들어가는 학원비가 겁나고 아직 초등학생인 우리 아이들의 대학 등록금이 벌써부터 걱정이 된다. 퇴직 후 남편과 여행 다니며 살고 싶다는 꿈은 로또가 되기 전까지는 포기해야 한다. 엄마의 절약적인 생활을 따라가려면 한참 멀었다. 나는 어린 시절 추위가 진저리나게 싫어 겨울에도 뜨거운 물로 설거지한다. 그에 반면 엄마는 계절에 상관없이 한겨울에도 찬물로 설거지했다. 이제 나도 엄마처럼 수도꼭지 방향을 바꾼다.

　엄마는 늘 목이 늘어난 티셔츠를 입었고, 첫째 동생을 임신했을 때는 막달에 무거운 몸으로 버스를 타지 않고 두 정거장을 걷다가 양수가 터져 조산을 했다. 이러한 궁상스러움이 사실은 아이들을 키워야 한다는 책임감이었음을 미처 몰랐다.

헤어 스타일을 반품하고 싶다

어느 날 문득 거울에 비친 내 머리가 너무나 지저분해 보였다. 출근하지 않으니 버터 볼까 생각도 해보았지만, 나와 마주치는 사람들의 눈 보호 차원에서라도 머리를 해야만 했다. 남편이 병원 가는 날에 맞춰 미용실에 가기로 했다. 시골에 사는 사람이라 생긴 자격지심인지는 모르겠으나, 머리는 꼭 시내 나가서 해야 한다는 쓸데없는 신념이 있다. 이름만 들어도 다 아는 체인점인 미용실에 큰마음을 먹고 들어갔다. 미용사에게 내가 원하는 머리 스타일을 얘기했더니 세팅을 원하는지, 펌을 원하는지 물었다. 내가 차이점을 묻자 가격이라고 했다. 비싼 가격에 흠칫 놀라서 마음

속으로는 세팅이라고 말했지만 나도 모르게 펌이라고 입 밖으로 툭 튀어나와 버렸다. 직장을 다녔다면 고민 없이 세팅이라고 말했을 것이다.

　그렇게 나는 미용사가 잘 해주리라는 믿음으로 나의 머리를 맡겼다. 머리를 어느 정도 말았을 때 미용사는 내 머리가 곱슬이어서 펌을 해도 지저분해서 관리를 잘해야 한다고 말했다. 나는 미용사의 목소리가 미세하게 떨리고 있다는 것을 감지했다. 그도 잘못되었다는 것을 인지했지만 이미 되돌리기에는 너무 많은 강을 건넜음을 아는 눈치였다. 누구나 아는 체인점이니 괜찮을 거라고 마음을 다독였지만 불안했다.

　다 되었다는 미용사의 말에 거울을 보니 눈물 날 것 같았다. 머리를 다시 하고 싶을 정도다. 내 모습을 부정하고 싶었다. 딱 보자마자 『그래도 생활은 계속된다』라는 책을 쓴 이나가키 에미코 작가가 앉아 있었다. 좋게 말하면 개성이 강한 사람으로 보일 수도 있지만 냉정하게 말하면 밍.했.다. 방금 한 머리가 아니라 일 년 동안 머리를 안 한 것처럼 지저분해 보였다. 머리는 도시에 있는 미용실에서 해야 한다는 나의 신념이 심하게 흔들렸다. 너무 친절하게 머리를 해 준 미용사에게 차마 항의할 수가 없었다. 친절은 항의할 수 없는 힘을 가지고 있다. 남편은 바뀐 내 머리 스타일을 보 더니 여행 유튜버 원지 씨가 생각난다며 박장대소하며 웃 었다. 아내의 기분을 파악하지 못하는 걸로 봐서는 분명 눈 치를 어디다 팔아먹은 게 틀림없다. 두 분 다 유명하니 나도 그 기운을 받아 조금은 유명해지리라 기대를 걸어본다.

학교에서 돌아온 누리가 나에게 "엄마, 머리한 거야? 삼 각김밥 모양에 라면을 뒤집어쓴 것 같아. 원래대로 돌리면 안 되냐"고 말했다. 택배 물건처럼 반품할 수도 없다. 할 수 만 있다면 정말 그렇게 하고 싶은 심정이다. 평상시에 감정 보다는 팩트를 말하는 아인지라 기대를 안 했지만 직접 그 말을 들으니 속상했다. 시간이 지나 머리 컬이 어느 정도 자 리 잡으면 괜찮아질 거라고 스스로 위로했다. 매일 아침 벼 락 맞은 듯한 머리를 보면 한숨이 절로 나온다. 몇 달이 지 나도 부스스한 머리가 차분해지는 반전 따위는 일어나지 않았다. 분명 돈을 써서 머리를 했지만 머리를 한 사실을 티 내지 말고 잘 숨겨야 한다. 어쩔 수 없이 잘 묶이지도 않는 머리를 바짝 당겨 묶어서 다니고 있다.

나의 곱슬머리가 문제인지 미용사의 실력이 문제인지 알수가 없다. 곱슬머리는 고민하지도 말고 무조건 세팅해야한다는 것을 까먹었다. 다음에는 돈에 흔들리지 않고 세팅으로 말아 달라고 당당히 마음에서 나오는 말을 해야겠다. 내가 돈이 없지 세팅해 달라고 말할 용기가 없는 건 아니다.

수입이 확 줄어들어 머리에 투자하는 것에 주저하는 내 모습에서 나는 결심하였다. 글쓰기 수업을 적극적으로 늘려야겠다는 의지가 불끈 생겼다.

수입이 줄었다고 해서
해외여행을 못 가는 건 아니다

　예전에 장새롬 작가가 쓴 『결혼해도, 나답게 살겠습니다』를 읽었다. 책 내용 중에 작가는 전업주부이지만 여행자금을 모아 홀로 여행을 간다는 내용이 있다. 전작에서 알뜰하게 절약하며 사는 내용을 먼저 읽었기에 따로 여행자금을 모으는 사실에 충격과 함께 내공이 느껴졌다. 남편의 월급으로 살림하면서 여행자금 대신 생필품이나 아이들의 필요한 물품을 사야 하는 건 아닌지 갈등 되는 순간도 있었을 것이다. 분명 돈의 여유가 있어서 여행자금을 따로 모으진 않았을 것이다. 다른 곳에서 지출되는 부분을 줄여서라도 여행을 계획하는 그가 멋있다. 작가는 주어진 상황에서 현실을 타협하기보다는 자신이 원하는 방향대로 설계하였다. 돈에 우선순위를 두기보다는 자신이 어떨 때 더 행복한지 알고 그것에 가치를 두는 장새롬 작가의 삶을 닮고 싶다.

우리 부부는 코로나가 터지기 전까지 해마다 해외여행을 다녔다. 직장을 다닌 지 오래되어 연말정산으로 여행 경비가 충분히 충당되었다. 그렇기에 여행자금을 따로 모을 필요가 없었다. 지금은 남편이 혼자 벌기에 여행자금을 모을 꿈도 꾸지 못한다. 그럼에도 나는 여행이 주는 즐거움을 포기할 수가 없다. 여행 가는 것도 즐겁지만, 가기 전부터 여행 갈 나라를 정하고 맛집을 검색하는 등 계획을 짜고 준비하는 과정이 즐겁다. 여행의 또 다른 매력은 지금 생활이 힘들지만 이 순간만 잘 넘기면 여행을 갈 수 있다는 생각에 현재 힘듦을 버틸 수 있게 하는 보상과도 같다.

나 역시 장새롬 작가처럼 여행자금을 모으기로 했다. 맞벌이할 때는 월급 외에 생기는 부수입인 원고료, 강의료, 인세는 나만의 비상금 용도로 사용했다. 그 돈으로 가방과 옷 등 내가 사고 싶은 것 위주로 샀다. 지금은 남편이 혼자 버는 상황에서 가끔 들어오는 이 돈을 비상금으로 고수하기에는 양심이 찔린다. 이제는 가족을 위해 공동으로 사용할 수 있도록 돈을 내어놓기로 했다. 하지만 나는 이 돈을 생활비에 보태는 대신 가족여행 자금으로 사용할 계획이다. 이제는 해마다 갈 수는 없어도 몇 년에 한 번씩은 갈 계획이다. 다음 여행은 3년 후로 계획을 세웠다. 생활비를 보태기 위해 따로 생기는 부수입을 쓴다고 생각하면 퇴사한 것을 후회할 것 같다. 차라리 여행을 위한 것이라면 좀 더 즐겁게 돈을 모을 수 있는 원동력이 된다. 여행 갔을 때 좀 더 좋은 호텔에 머무르고 맛있는 음식에 가격을 보고 주저하지 않고 먹기 위해서 기회가 오면 좀 더 즐겁게 글을 쓰고 강의를 할 수 있을 것 같다.

예전에 온라인 강의 제의가 들어온 적이 있다. 그 당시에는 새로운 영역에 도전한다는 것과 영상을 한번 찍어본 경험도 없어 자신이 없었다. 무엇보다 나의 장애를 익명의 사람들에게 공개하는 것 자체가 두려웠다. 또한, 그 당시에는 직장을 다니고 있었기 때문에 굳이 그 일을 해야 할 필요성을 느끼지 못했다. 최혜진 작가가 쓴 『유럽의 그림책 작가들에게 묻다』에 이런 내용이 있다. "자기 안에 잠자고 있는 창의성을 깨우려면 불편한 일, 해보지 않은 일, 잘 못하는 일, 위험을 감수해야 하는 일에 뛰어들어야 해요."[2] 책에서 하는 말처럼 그때 생소한 도전이라 겁이 났지만 나에게 온 기회를 잡지 않은 것이 후회된다. 내가 퇴사를 일찍 하게 될 줄 누가 알았겠나? 만약 내가 그때 용기를 갖고 그 제안을 받아들였다면 그 계기로 다른 영역으로 확장되었거나 고정 수입이 생겨 여행을 가는 일에 좀 더 자유롭지 않았을까 싶다.

이제는 누군가로부터 일의 제안이 들어오면 마다하지 않고 부딪혀 볼 생각이다. '용기 있는 자만이 미인을 얻는다'는 말이 있듯이 도전하는 자는 자신이 누릴 행복이 커진다는 사실이다. 남의 시선에 두려워, 실패를 마주할 자신이 없어 시도하지 않은 나 자신에게 네가 행복해지기 위해서라면 도전해 보는 것도 멋진 일이라고 말해주는 것 같다.

나는 여전히 꿈꾼다

　문득 꿈의 정의가 궁금해졌다. 사전적인 의미로는 '실현하고 싶은 희망이나 이상'이라고 설명되어 있었다. 초등학교를 입학하면서 막연히 선생님이 좋아 보였다. 어느새 동경의 대상이 되었고 선생님 놀이를 통해 아이들을 가르치는 꿈을 꾸었다. 사춘기가 들어서면서 단지 내가 좋아하는 연예인이 보고 싶다는 이유로 가수, 배우가 되는 상상을 했다. 고3이 되면서 더는 내가 좋아한다는 것만으로 꿈을 꿀 수 없다는 것을 깨닫게 되었다. 대학교 4학년쯤에는 내가 스스로가 밥벌이해야 하는 현실에서 꿈과 타협했다. 이제와 돌아보니 꿈은 진로가 확정된다고 해서 없어지는 게 아니다. 단지 크기와 꿈이 다르게 변할 뿐 어릴 때부터 늘 함께였다. 사회복지사도 또 하나의 꿈이었기에 입사 후 꿈을 이루었다고 생각했다.

　퇴사 후 '이제 뭐 먹고 살지?'라는 생각보다는 '내가 하고 싶은 게 무엇일까?'를 먼저 생각했다. 남들이 보기에는 마흔이 넘은 나이에 꿈 타령하는 게 철딱서니 없는 것으로 비칠 수 있다. 그러나 나는 꿈이 있다는 건 시간을 허비하지 않고 자신의 삶을 가꿀 수 있는 사람이라고 생각한다. 그러한 사람들을 네이버 카페 '엄마의 꿈방'이라는 온라인 카페 속 '소설 쓰기 스터디'를 통해 만났다. 소설 쓰는 삶을 꿈으로 가진 그들은 모두가 소설가를 꿈꾸지는 않지만, 소설을 쓸 때만큼은 재미있어 한다. 함께 소설 쓰는 엄마들과 이야기하다 보면 그들의 눈에서 반짝반짝 빛이 난다. 이들을 보면서 느낀 점은 어른이 된 후 꿈은 즐거움이 밑바탕에 깔려 있다는 사실이다. 소설을 쓰면서 겪는 고충은 다른 사람들은 이해하지 못하지만 우리는 공감한다. 그 고충을 견디며 계속 쓴 자들은 몇 년 후에 자신이 원하던 길을 가고 있는 것을 보게 된다. 나는 이들이 있어 마흔 중반이지만, 꿈을 꾸어도 괜찮다는 위안을 얻는다. 함께 성장하고 응원하는 글벗이 있다는 것은 아주 큰 자산이다. 우리 멤버 중에는 공모전에 당선되고 웹소설, 장르 소설 등의 소설가로 활동하는 사람들도 있다. 그들이 나보다 소설을 맛깔나게 쓰는 것에 대해 질투도 하지만 그건 내가 성장하고 싶은 욕구가 있다는 증거다. 그들이 먼저 데뷔해도 크게 동요하지 않는다. 먼 훗날 나도 그들처럼 될 거라는 믿음이 있기 때문이다.

꿈이라고 생각하면 너무 거창해진다. 무엇을 할 때 재미있고 행복한지를 생각하면 쉽게 찾을 수 있다. 나는 그 순간들 하나하나 나열해 보았다. 강의, 칼럼 등 장애와 관련된 활동들도 있지만 그중 가장 신이 날 때가 글을 쓰고 있을 때다. 어릴 적 작가로서 삶은 내가 이룰 수 없는 꿈이라 생각하고 포기했다. 그 꿈을 포기한 것이 아니라 마음 깊숙이 간직하고 있었다. 퇴사 후 그 꿈은 선명하게 올라왔다.

좋아하는 일을 퇴사 전에 알고 있어서 다행이다. 지금의 꿈을 이루기 위해 장애인복지 현장에서 프로그램을 운영하고 기획서 쓰는 시간이 필요했을 수도 있다. 어쩌면 직장 생활은 본선에 진출하기 위한 워밍업이었을 수도 있다. 퇴사가 나의 커리어를 단절시키는 것이 아니라 더 발전시켜 주는 계기를 만들어 주었다. 이 두 가지 활동을 좀 더 적극적으로 확장하고 실행해 볼 생각이다. 이 꿈들이 내 가슴을 뛰게 하는 건 분명하지만 막연한 두려움도 있다. 그러나 이미 내가 꿈꾸던 삶을 이룬 사람과 비교하는 순간 비참해지거나 행복하게 나아갈 수 없다. 그들 역시 지금 활동하기까지 남들이 보지 못한 노력의 시간이 분명 존재했을 것이다. 남들과 비교하는 대신 나는 부족한 부분이 무엇인지 파악하고 보완해 나가고 싶다.

꿈을 이루기 위한 여러 목표 중 하나가 오랫동안 즐기면서 하는 것이다. 성과가 보이지 않는다고 초조해하는 대신 묵묵히 조금씩 걸어 나가볼 계획이다. 때로는 내 걸음의 보폭이 작아서 멈춘 것 같고 그로 인해 포기하고 싶은 날도 있다. 그때는 잠깐 쉬면서 호흡을 가다듬고 다시 걷는다. 내가 멈추지 않는 한 나의 꿈에 도달할 거라는 생각이 든다. 설령 도달하지 못하더라도 괜찮다. 나의 최종 목표는 행복하게 사는 것이다. 꿈을 향해 걸어가는 것은 즐거움을 주는 행복의 기본기를 다지는 시간임을 분명 알기 때문이다.

적금 만기일이 오지 않아도 괜찮아!

　적금은 만기일이 있지만 내가 넣는 적금은 만기일이 언제인지 모른다. 그럼에도 꾸준히 하루하루를 채워 넣고 있다. 그 적금의 이름은 꿈의 적금이며 독서, 글쓰기, 강의와 새로운 것을 도전해 보는 종류로 분류된다.

　적금통장 내역에 꾸준함과 새로운 것에 대한 경험치 쌓기라는 내역이 한 줄이라도 더 찍히기 위하여 하루에 최소한 한 꼭지의 글을 쓰고, 자기 전 두 시간씩 책을 읽으며 느꼈던 내용이나 내 생각을 기록으로 남긴다. 때로는 지인에게 강의할 수 있도록 부탁한다. 또한, 배우고 싶지만 용기가 나지 않아 시도하지 않은 그림을 그리고, 배운 소설 작법대로 글을 고친다. 최대한 배우는 비용을 아끼기 위해 유튜브나 책을 활용하고 전문 강사의 도움이 필요할 때는 국가에서 교육비를 지원해 주는 내일배움카드를 이용한다. 이렇게 나의 취미 활동의 선생님은 유튜브, 책, 전문 강사 등 다양하다.

학창 시절에 배우는 것과 나이가 들어 배우는 것은 즐거움의 깊이가 다르다. 배움은 결국 내 안에서 나오는 간절함이 있어야 효과가 배가 되어 돌아온다. 여기서 효과란 성과가 아닌 즐거움, 행복, 나의 만족감이다. 즐거움은 배움의 원동력이 된다. 학창 시절에 이 즐거움을 알았더라면 하는 아쉬움은 있지만, 지금이라도 배우는 재미를 알게 된 것도 감사하다. 나에게 배움은 부모 등 타인의 기대에 부응하거나 1등을 해야만 하는 부담감에서 즐거움으로 바뀌었다. 실패해도 괜찮다, 배우다가 지루하면 샛길로 새거나 다른 것을 배워도 문제 될 게 없다는 여유로운 마음가짐으로 즐기다 보면 어느새 삶은 풍성해신다. 이전에 경험하지 못한 것들을 알아 나가는 과정에서 이전에 내가 발견하지 못했던 또 다른 나를 알게 된다.

이러한 일상이 행복하고 여유롭다. 하지만, 가끔은 원고료, 강의료 등이 수입이라고 부르기엔 민망할 정도로 적은데 내가 좋아한다는 이유로 이렇게 계속 살아도 되는지 의문이 든다. 그러나 곧 이내 내가 행복하면 괜찮다고, 눈에 보이는 성과에 집착하지 말자고 마음을 다잡는다. 그런 생각들로 나를 괴롭힐 때는 커피소년의 <믿음>이라는 노래를 듣는다. 그 가사에는 '멈춰있지만 가고 있는 것', '언젠간 꼭 빛날 거라는 것'이라는 노랫말이 나온다. 눈감고 가사를 반복해서 듣다 보면 마치 나에게 '힘내!'라고 다독여 주는 듯하다.

나의 유희를 위해 열정을 쏟는 시간이 간간이 나가는 강의나 칼럼을 써서 수입으로 직결되는 활동보다 월등히 많다. '양질전환(量質轉煥)의 법칙'이란 말이 있다. 이 의미는 일정량의 증가 또는 감소는 질적인 변화를 불러온다는 뜻이다. 나 역시 이러한 일들을 꾸준히 계속하다 보면 언젠가는 적금이 만기 되고 이자 역시 복리로 붙으리라 생각된다. 설령 만기일이 다가오지 않아도 상관없다. 나는 그 시간을 충분히 즐기고 있기 때문이다.

나의 적금 약관에는 즐기되 조바심을 내지 말기, 퇴사한 것에 미련 갖지 않기, 수입이 적다고 주눅 들지 말기, 미래에 대해 불안해하지 않기 등이 적혀 있다. 단 조금 쉬어가는 것은 허용하나 포기하지 않고 뚝심으로 꾸준히 이어가야 한다는 조건이 붙어있다.

나는 오늘도 꿈에 적금을 넣기 위해 아침에 든든히 배를 채우고 책상 앞에 앉는다.

로망은 언젠간 이루어진다

　신혼 시절에 지인 집에 초대받아 간 적이 있다. 거실에 들어서자마자 TV 대신에 긴 책상과 책이 빽빽이 꽂힌 책장이 눈에 들어왔다. 아이들의 교육을 위해 TV를 없앤 사실에 부모로서 양육에 대한 확고한 신념이 느껴졌다. 집으로 돌아오는 길에 남편에게 우리도 아이들이 태어나면 그런 분위기로 만들어 보는 건 어떤지 넌지시 운을 뛰어봤다. 남편은 나에게 TV 안 보고 살 자신 있냐고, 본인은 없다고 말했다. 생각해 보니 나 역시 그건 힘들겠다고 생각했다. 그렇게 나의 로망은 흐지부지됐다.

결혼 14년 차, 그사이에 아이들이 태어났고 우리의 살림살이도 늘어났다. 그중 책이 차지하는 공간도 무시 못 했다. 중간중간 중고로 책을 팔거나 지인들에게 나눠 주었지만, 애착 있는 책들로 인해 줄진 않고 늘어만 갔다. 이 방 저 방 심지어 마당에 있는 창고까지 책들이 흩어져 있다. 그것들을 볼 때마다 정리할 생각은 늘 있지만 엄두가 나지 않았다.

시간이 많아진 요즘 책들을 정리했다. 그전에 큰 테이블과 책장을 샀다. 인터넷에서 이 책장이 좋을지, 이 테이블이 우리 집 분위기와 어울릴지 상상하며 고르는 시간이 너무 신났다. 테이블과 책장이 배송되기 전에 아이들의 전집 3세트와 내가 읽은 책 80권 정도를 정리했다. 책을 정리하면서 아이들에게 처음 읽어 준 책, 한글을 깨치기 위해 기역, 니은, 디귿 등을 아이들이 몸으로 표현한 기억, 아이들이 더듬더듬 책을 읽기 시작한 순간과 친구들이 나에게 책 선물을 하면서 책 맨 앞장에 적어 준 편지, 20대 때 열렬히 좋아한 소설가의 책을 용돈을 아껴서 한 권, 두 권 사서 책장에 꽂아두고 뿌듯하게 바라본 시절이 생각났다. 김영하 작가 북토크에 갔을 때 그는 "책 내용이 생각나지 않아도 그 당시 읽으면서 좋았던 느낌, 온도, 분위기도 책을 읽는 행위"라고 했다. 나 또한 읽은 책들이 전부 기억에 남지 않는다. 하지만 그 시간 속에는 나의 미래를 꿈꾸고, 20대 때에는 미래에 대한 고민의 흔적이 있고, 아이 엄마가 된 후 좋은 엄마가 되기 위한 애쓴 노력이 고스란히 있다. 지금은 나의 좋은 친구로 함께하고 있다. 그런 존재에게 좋은 자리를 만들어 주고 싶다.

한쪽 벽면을 새로 산 책장 두 개로 채웠다. 하나는 아이용, 나머지 하나는 나의 책들을 꽂았다. 내가 좋아하는 작가들, 내가 활동하는 네이버 카페 '엄마의 꿈방' 회원들이 출간한 책을 꽂아 둔 코너, 내가 출간한 책 등으로 분류했다. 장애에 관련된 책이 글을 쓰기 위해서, 또 관심 분야여서 다른 책들에 비해 월등히 많았다. 또한, 김원영 변호사, 이슬아 작가 등 어느 특정 작가의 책이 많았다. 좋아하는 작가의 책을 보면 다음 책은 언제 나올까 하며 손꼽아 기다려진다. 책을 정리하고 보니 내가 어떤 분야에 관심 있는지가 한눈에 보였다. 책장 정중앙에는 부끄럽지만, 내가 출간한 책과 내 원고가 실린 잡지를 비치했다. 아직 책장 한 칸을 넘기지 못했다. 김종원 작가가 30년간 글을 쓰면서 100권을 출간한 기념으로 자신의 책을 독자에게 보내는 이벤트를 여는 글을 읽은 적이 있다. 과연 내가 몇 권을 더 쓰게 될지는 모르지만 주변에 흔들리지 않고 꾸준히 써서 한 권 한 권 책장을 채워나가고 싶다.

저녁 시간에 큰 테이블에 가족들이 둘려 앉아 숙제하거나 책을 읽는 것도 좋지만, 아무도 일어나지 않는 고요한 새벽에 홀로 넓은 테이블에 앉아서 원고를 쓰는 시간이 더 좋다. 문득 큰 테이블에서 글을 쓰고 싶은 로망은 신혼 시절에 어느 지인 집에서 본 풍경이 아니라 어린 시절 드라마에서 작가가 아주 큰 책상에서 글 쓰는 장면에서 비롯된 것임을 깨달았다. 그때 그 작가가 글을 쓰기 위해 고뇌하는 모습이 너무나도 멋있었다. 나의 서재를 갖고 싶은 것은 그때부터였다. TV는 남편이 고수하고 나 역시 드라마를 너무나 사랑하기에 책과 함께 공존한다. 아주 가끔 푹신한 소파가 그립지만, 딱딱한 의자에 앉아 글 쓰는 게 더 좋다.

때로는 간격을 두고 멀리서 보는 게
더 예뻐 보일 수 있다

   나는 어릴 때부터 만드는 것을 좋아했다. 방학 때 많은 숙제 중 만들기에 가장 심혈을 기울였다. 방을 어지르면서 늘 꼼지락거리며 만드는 모습을 보고 엄마가 집 근처에 있는 지점토 공방에 보내줬다. 주산학원이나 수학, 영어 학원보다 지점토 만들기 학원에 다닐 때가 더 좋았다. 그때 나무 틀에 지점토로 모양을 만들고 색을 칠하고 금색을 입히는 과정 등 모든 게 즐거웠다. 방학 내내 만든 작품을 학교에 기분 좋게 가져갔는데 상을 받지 못해서 실망한 기억이 있다. 그때 만들었던 작은 책꽂이는 아직도 기억에 남는다. 공방이 문을 닫는 바람에 오래 다니지 못해서 아쉬웠다.

퇴사 후에도 집에 있으면 소소하게 무언가를 만든다. 리본 같은 부속 재료는 사지만 대부분 집에 있는 것들을 활용한다. 집에 만들 게 있는지 찾아본다. 아이들이 학교나 행사에서 받아온 에코백이 서랍 안에 많이 있었다. 대부분 에코백은 흰색 광목천이라 무언가를 꾸미기 좋다. 마치 흰색 도화지처럼 무궁무진하다. 색이 바래서 더는 입을 수 없는 옷에 있는 패턴을 오려 에코백에 바늘로 꿰매거나 예쁜 냅킨에 풀을 발라 가방을 꾸민다. 그렇게 만든 가방들은 튼튼해 도서관에서 빌린 책들을 담아오기 적합하다. 한번은 내가 꾸민 가방을 보고 아는 언니가 본인은 이런 스타일을 좋아한다고 말했는데 쑥스러워 손으로 슬그머니 나의 가방을 가렸다. 또, 아이들이 학교에서 들고 온 구슬이나 리본을 이용해 머리핀이나 방울을 만들기도 하고, 마 끈을 활용하여 액자를 만들어 아이들 사진을 끼워 놓기도 한다. 다 쓴 유리병을 깨끗이 씻어서 말린다. 꽃을 그냥 꽂아도 예쁘지만 리본이나 마 끈, 예쁜 스티커로 꾸민 유리병에 꽂으면 꽃 입장에서도 기분이 좋을 거라 생각한다. 내가 무언가를 만들고 있으면 누리도 슬그머니 와서 내 옆에 앉는다. 누리와는 작아진 흰색 실내화를 사인펜으로 칠하고 파츠로 꾸몄다. 그 작품은 눈에 잘 보이게 거실 장식장에 올려놓았다. 예전에 사회복지 현장에 있을 때 장애인에게 도움이 되고자 딴 리본아트 자격증이나 프로그램 보조로 배운 냅킨 아트 공예가 나의 취미생활로 이어질지 몰랐다.

　내가 만든 작품은 가까이서 보면 본드가 삐져나와 있거나 장신구들이 삐뚤삐뚤하게 붙어있다. 그래도 나는 만족스럽다. 다 완성된 것을 보면 또 하나를 만들었다는 성취감이 있고 만드는 동안에 집중할 수가 있고 무엇보다 재미있다. 나는 아이들과 남편에게 내가 만든 작품의 감상 포인트는 멀리서 보아야 예쁘다고 말했다. 사람들과의 관계도 때로는 너무 깊게 속속히 알아서 실망하는 것보다 한 발짝 떨어져 적당한 거리를 유지하는 게 더 건강한 관계일 수도 있겠다는 생각이 든다. 마치 작물을 빽빽이 심는 것보다 일정한 거리를 두고서 심어야 잘 자라는 것처럼 말이다. 나는 그 사실을 늦게 알았다. 사람들이 거리를 두면 나를 싫어한다는 생각에 갇혀 사람들에게 더 잘하고자 애썼고 늘 나에 대한 애정을 확인받고 싶어 했다. 나를 좋아하는 사람은 여전히 내 곁에서 나를 응원해 주고 있다. 어릴 적 부모로부터 받지 못한 사랑을 다른 이들에게서 채우려고 했다. 이런 나의 행동에 지쳐서 떠나는 이들도 있다. 하지만 나를 떠나지 않고 곁에 있어 주는 이들도 있다. 그들의 무한한 지지로 지금의 내가 있다.

내가 만든 작품들처럼 모나고 예쁘지 않은 내 모습을 다른 이가 아닌 스스로 나 자신을 온전히 사랑해 주고 싶다. 긴 세월 동안 나를 너무나 홀대했다. 아무것도 안 해도 괜찮다고, 못나도 괜찮다고, 마음에 상처투성이라도 괜찮다고, 있는 그대로 인정하고 보듬어주고 싶다. 그렇게 나는 상한 나를 천천히 회복해 나가는 있는 중이다.

본격적인 덕질의 세계로 입문

　나는 뭔가에 꽂히면 그것만 파고든다. 예를 들어 소금빵이 맛있으면 질릴 때까지 몇 달 동안 그것만 먹는다. 덕질하는 것에 나이가 정해져 있지가 않다. 다만 덕질의 대상만 달라지고 표현하고 안 할 뿐 늘 우리 마음속에 자리 잡고 있다. 덕질은 무료한 나의 생활에 활력을 불어넣어 준다. 덕질하는 대상이 있으면 스트레스가 사라지고 삶 자체가 즐겁다. 이번에는 그 덕질의 대상이 드라마 몰아보기다. 퇴사후 시간 때우기에 이것만 한 게 없다. 어릴 적 다시 보기가 없던 시절 늦은 시간에 드라마 본방 사수를 위해 엄마 몰래 텔레비전을 보다가 등짝 스매싱을 자주 맞았다. 들킨 것 같은 긴장감 속에서도 나는 TV 보기를 포기하지 않고 최대한 볼륨을 줄인 채 어둠 속에서 드라마를 보았다.

　퇴사 후 드라마 보기 정주행을 박해영 작가가 쓴 <나의 아저씨>로 시작했다. 아이유(이지안 역)의 연기력에 감탄하고 고(故) 이선균(박동훈 역)의 대사는 인생 선배로서 들려주는 조언 같았다. 이선균 같은 상사는 현실에서는 존재하지 않는다고 생각했다. 나 역시 이선균 같은 직장 상사는 아니었다. 그런 캐릭터는 TV 속에서만 존재한다. 다음으로는 <나의 해방일지>를 보았다. 손석구(구씨 역)가 함께 출연한 김지원(염미정 역)에게 "염미정"이라고 부르는 장면에서 마치 나를 부르는 듯하여 나도 모르게 "왜?"하고 대답했다. 그의 섹시미와 다정함에 헤어나오지 못해서 손석구가 출연했던 드라마, 영화를 도장 깨기 하듯 보았다. 그가 다양한 역할을 어색함이 없이 연기하는 것을 보면서 프로임을 느꼈다. 다양한 장르를 소화하는 손석구처럼 나도 어디에 있더라도 행복하게 재미있게 살고 싶다.

　그다음으로 길아탄 것이 <선재 업고 튀어>였다. 그 드라마에 나오는 변우석(류선재 역)을 보면서 나도 절로 미소가

지어졌다. 그 여운으로 잠자리에 들면서 남편의 얼굴을 보면 현실로 돌아온다. 남편 역시 김혜윤(임솔 역)이랑 살지 않으니 원망은 하지 않는다. 그 뒤로 드라마를 본 후에는 오랜 설렘을 유지하기 위해 남편이 자는 방향으로 고개를 돌리지 않는다. 남편에게는 미안하지만 꿈속에서라도 멋진 배우가 나타나길 기대하면 잠을 잔다. 이 드라마로 변우석 배우가 너무 떠버려 스케줄이 많아서 그런지 나의 바람과는 달리 내 꿈속까지는 오지 않았다.

이렇게 나는 이번 주는 변우석이었다가 어느새 그의 눈짓과 달콤한 대사를 잊어버리고 다음 주에는 이준호로 갈아탄다. 배우를 향한 내 순정의 유효기간이 너무나도 짧다. 그렇지만 배우도 만인의 연인이기에 이런 변덕스러운 나의 마음을 이해할 줄 것이다. 세상에는 어쩜 이리도 재미난 드라마가 넘쳐나고 멋진 배우들이 많은지 모르겠다. 무엇보다 더 이상 몰래 숨어서 보지 않아도 될 나이가 된 게 좋다.

만약에 친정엄마가 몇 시간째 드라마만 보는 내 모습을 보면 한심하다는 잔소리 폭격기를 날렸을지도 모른다. 하지만 아무 생각 없이 드라마를 보면서 쉬고 싶다. 이런 시간이 나에게 필요하다. 21년간 열심히 살아왔기에 이 정도의 호사를 누릴 자격은 충분하다고 본다. 나는 드라마를 볼 때도 옆에 펜과 노트가 있다. 멋진 대사가 나오면 적어 두었다가 글을 쓸 때 참고한다. 절로 감탄이 나오게 글을 쓰는 드라마 작가를 보며 똑같이 삼시 세 끼 밥을 먹고 잠을 자는데 그런 필력은 어디서 나오는지 궁금하다. 분명 나만 모르는 글 잘 쓰는 비법이 있을 것 같다. 내 마음 속 깊이 여운을 남기는 인생 드라마나 보는 것만으로 힐링을 주는 드라마를 보면 글을 잘 쓰고 싶다는 동기 부여가 된다. 드라마를 보는 것은 생산적인 글쓰기를 위해 워밍업을 하는 시간이다.

　퇴근한 남편은 나에게 오늘은 뭐 하고 지냈는지 묻는다. 나는 어떤 드라마를 보았고 그 드라마 줄거리를 옆에서 조잘조잘 대며 이야기한다. 지겨울 법한데도 남편은 들어준다. 다 듣고 나면 남편은 오늘도 행복하게 지냈으면 그걸로 됐다며 싱긋 웃는다. 그의 미소에서 나는 오늘도 행복하게 살았음을 깨닫는다. 남들이 볼 때는 허송세월 보낸 것으로 보여도 나는 덕질에서 오는 에너지로 인해 건강하게 살아간다.

명상과도 같은 시간

집 정리하다가 아이들이 학년을 올라가면서 쓰지 않고 모아 둔 크레파스를 발견했다. 거의 새것에 가까워 지인들에게 나누고자 했는데 아이가 있는 집에는 웬만하면 크레파스가 있기에 필요로 하는 사람이 없었다. 그렇다고 버리자니 아까웠다. 그래서 내가 사용하기로 했다. 크레파스를 보니 어린 시절에 미술학원을 다녔던 기억이 났다. 미술학원에 가면 TV에서 보는 것처럼 앞치마를 입고 큰 캔버스에 붓으로 멋지게 그림을 그릴 것이라고 상상했는데 막상 가보니 생각과는 달랐다. 지금 생각하면 그림 실력을 키우기보다는 남들에게 똥폼을 잡는 것에 욕심이 컸다. 미술학원을 다닌 것은 처음이고 저학년이라 물감 대신 크레파스를 이용해서 그리게 했다. 내심 실망은 했지만 학원 선생님이 그려보라는 꽃, 나비, 집 등을 그렸다. 어린 시절에 나는 그림을 그리는 것 자체는 재미있었다. 좋았던 기억을 되살려 그림을 그리기 시작했다.

　한번은 누리가 학교에서 그린 그림을 보여주었다. 나는 나에게 선물로 주는 줄 알고 그려온 캐릭터에다가 색칠했다. 그것을 본 누리는 자신이 그린 그림에 허락을 받지도 않고 색칠해서 기분 나쁘다고 했다. 나에게 준 선물이 맞는지 확인해 보지도 않고 별생각 없이 그림을 색칠해서 누리의 마음을 상하게 했다. 본인이 그린 캐릭터는 파란색인데 엄마 마음대로 다른 색상을 칠해서 화가 났다. 자신이 힘들게 40분 동안 그려서 나에게 자랑한 건데 그것도 모르고 허락 맡지 않고 색칠한 것에 거듭 사과했다. 눈이 빨개진 누리를 달래느라 식겁했다. 겨우 게임 20분을 더하는 조건으로 협상해서 누리의 화가 풀렸다. 아주 비싼 그림값을 치렀다. 진땀 뺀 경험에 내가 직접 그림을 그리기로 했다. 혼자 그리기가 막막하여 쉽게 그림을 그리는 방법을 설명해 주는 유튜브를 찾아서 영상을 보고 따라 그린다. 영상에 나오는 것처럼 쉽게 그려지지는 않지만 그래도 재미있다. 요새는 학원을 가지 않아도 집에서 손쉽게 그림을 배울 수 있어서 좋다.

그림을 그리는 것은 마치 명상 같다. 그림을 그리는 동안에는 오로지 그림에만 집중하다 보니 잡생각이 사라지고 마음이 고요해진다. 그림이 완성되면 뿌듯함과 성취감이 든다. 그림을 한바탕 그리고 나면 마음에 남아 있는 쓴 뿌리들이 사라지는 느낌이다. 내가 그린 그림을 심리치료사가 심리적으로 분석하여 내 마음을 들여다보지 않아도 그리는 시간 자체로 힐링 된다.

아무것도 없는 흰 바탕의 스케치북에 내가 그리고 싶은 그림을 마음대로 그리는 건 앞으로 마음속에 담아 놓은 꿈을 시도해 보는 내 모습 같고 원하는 색깔로 흰 바탕이 없어질 때까지 꾹꾹 눌려가며 진하게 칠하는 건 주어진 시간을 허투루 살지 않겠다는 나의 의지와도 같다는 생각이 든다. 선명하게 칠해진 그림을 보면서 내가 가고자 하는 길도 뚜렷해지는 기분이다. 스케치북 한 권을 다 사용하고 또 다른 스케치북에다가 다양한 그림을 그려나가듯 앞으로 내가 가고 싶은 길도 다양하게 경험해 볼 생각이다. 그림을 그리는 횟수가 거듭될수록 그림이 근사해지듯이 내가 가고자 하는 길에서 실패하거나 돌아가더라도 그 길 끄트머리에는 근사한 내가 서 있을 것 같다.

물을 두려워하지 않는 것

　수입이 줄었으니 병원비라도 줄여보자는 생각에 운동해서 건강을 유지하기로 다짐했다. 걷기도 해보고, 집에서 홈트도 해보았지만 20분을 넘기지 못할 만큼 지루했다.

　이상하게 들리겠지만 나는 물에 대한 공포가 있는데 물을 좋아한다. 물을 무서워하게 된 계기가 시설장애인과 캠프를 갔을 때 겪은 일 때문이다. 어느 선생님이 나를 바다에 빠뜨려 물속에서 한참을 허우적거렸다. 단 몇 분이었지만 나는 '이렇게 죽을 수도 있겠구나'라는 공포를 느꼈다. 그 뒤로는 내 발이 닿지 않은 깊은 물에 들어가는 게 무섭다.

퇴사 후 이참에 집 근처 수영장을 다니기로 마음먹었다.

신혼 시절에 남편을 따라 수영장을 간 적이 있다. 그때는 계속해서 화장실만 들락날락했다. 남편이 나에게 수영을 가르쳐보더니 물 자체를 무서워해서 안 되겠다며 수영 대신 다른 운동을 추천했다. 그렇게 난 하루 만에 수영장에 다니는 것을 포기했다.

이번에 다시 수영장을 다니기 위해 수영복을 꺼내어 보니 삭아서 입을 수가 없었다. 그 당시에는 오랫동안 수영장을 다닐 거라는 비장한 각오로 비싼 수영복을 골랐지만 제대로 입지도 못하고 버려서 아까웠다. 이번에는 버려도 덜 아깝게 제일 싼 수영복을 구입했다.

남편과 수영장을 갔을 때 있었던 일이다. 남편은 자유 수영을 하고, 나는 레일을 잡고 걷기를 하고 있었다. 몸은 삐쩍 말랐는데 배만 올챙이배처럼 불뚝 튀어나온 사람이 어기적 어기적 걷고만 있으니 사람들의 궁금증을 불러오기 딱 좋은 그림이었나보다. 한 아주머니가 나에게 다가와서 저 사람이 신랑이냐고 물었다. 나는 그저 궁금해서 물어보는 줄 알았다. 내가 그렇다고 하자 아주머니는 다음 질문을 해도 실례가 아니라는 판단을 한 듯한 얼굴로 혹시, 임신했냐고 호기심 어린 눈으로 나의 배를 훑어보았다. 순간, 나는 내 배를 쳐다보며 아니라고 대답했다. 그러자 아주머니는 그럼, 킥판 들고 와서 연습하라며 본인도 민망한지 서둘러 자리를 떴다. 나는 재빨리 아주머니 배를 보았다. 나보다 훨씬 많이 나왔는데 그런 말을 해서 웃음이 터졌다. 아직 나를 임신 가능성이 있는 젊은 나이로 봐준 것에 감사했다. 남편에게 그 이야기를 하자 이제 너의 시절도 끝이라며 웃는다. '아니야, 지금도 괜찮다'고 빈말하지 못하는 남편이 참 얄밉다. 아주머니가 '임신했는지?' 물어본 뒤로는 지나가는 사람들의 배와 내 배를 자꾸 비교하게 된다. 퇴사 후 나의 몸무게는 날마다 갱신하고 있다. 조만간 앞자리가 바뀔 듯하다. 바지가 small 크기라 아직은 괜찮다고 안도했다. 그러나 small 사이즈도 나름이다. 조금 헐렁하거나 꽉 끼는 것은 차이가 크다. 아무래도 조금만 더 있으면 medium 사이즈를 선택해야 할 때가 올 것이다.

　수영장에 가면 많은 사람이 강습을 받기 위해 준비하고 있다. 빈 캔 음료수병을 이마에 올리고 떨어뜨리지 않고 배영을 연습하는 수강생이 자꾸 떨어지자 속상해하는 모습을 봤다. 마치 그 광경이 직장에서 성과를 내기 위해 앞만 보고 질주했던 내 모습 같다. 경쟁하는 것이 싫으면 경쟁하지 않는 것이라는 말을 들었다. 수영을 잘하기 위해 수강생이 의도하지는 않았지만 경쟁하게 된다. 나는 그들이 속해있는 강습라인에 없다. 혼자서 걷기 라인에서 그들을 바라본다. 경쟁에서 살아남아야 하는 사회에서 벗어난 것처럼 자유롭다. 그저 오늘 10번을 오고 가며 레일을 걸었다면 내일은 11번 걷는 내가 있을 뿐이다.

누리가 수영장은 잘 다녀왔는지 물었다. 물속에서 걷기만 했다고 말했다. 수영 못하는 겁쟁이 엄마라고 놀렸다. 신혼 시절에 그런 얘기를 들었다면 그 말에 동의하며 이내 포기했을 가능성이 크다. 하지만 이제는 그런 말을 들어도 아무렇지가 않다. 목표를 바꾸었더니 꾸준히 다닐 수 있게 되었다. 물과 친해지는 것, 빠져도 몸이 경직되지 않는 것, 여행 갔을 때 구명조끼 두 개씩 입지 않고 바닷속을 구경할 수 있는 것이 나의 목표다.

나는 수영을 잘하기 위해 수영장을 다니는 것이 아니다.

내가 꾸준히 가는 이유는 수영을 배우기보다는 나의 페이스대로 즐길 수 있는 여유를 누리기 위함이다. 물살이 나의 피부에 닿을 때 아늑하게 느껴져서 좋다. 다른 운동에 비해 지루하지 않다. 또 다른 이유는, 수영장에 가보면 시간대별로 느껴지는 분위기가 다르게 다가온다. 아침에 가면 생동감을, 사람이 없는 오후 시간에는 고요함을 느낀다. 저녁에는 바쁜 일과를 끝내고 쉬는 대신에 수영을 하는 이들에게서 부지런함을 배운다. 그들의 삶에서 느껴지는 감정이 다양하다. 수영을 시작한 후 가장 좋은 것은 잠을 깊게 잘 수 있다는 점이다.

수영을 마치고 돌아오는 길에 초코우유를 사서 빨대에 꽂아서 먹으면 기분이 참 좋다. 임신했는지 물었던 아주머니의 말이 자꾸 귓가에 맴돌아 망설임 없이 초코우유를 집다가도 자꾸 멈칫거린다.

내 친구 행동아, 반가워!

　내가 차를 사기로 결심한 이유가 있다. 가장 큰 이유는 수영장에 자주 가기 위해서다. 지금은 주말이나 남편이 차를 이용하지 않을 때만 가고 있다. 운동을 해야겠다는 의지가 유리알처럼 약한 나는 새벽마다 갈등하는 나 자신에게 자괴감이 들었다. 수영장을 가기 위해 새벽 5시에 알람을 맞춰 놓았다. 새벽마다 '수영장을 지금 갈 건인지? 포기할 것인지?'에 대해 수십 번 생각하다가 결국, 알람을 끄고 잠을 택한다. 수영장은 가고 싶으나 걷기 싫어서 포기하는 나를 남편은 이해기 되지 않는다는 표정을 짓는다. 마치 집이 지저분해서 청소해야 하지만 청소기 꺼내는 게 귀찮아서 미루는 것과 같다. 남편은 푹 자고 날이 덜 더운 오전에 걸어서 다녀오라고 한다. 걷기 운동도 동시에 할 수 있으니 더 좋지 않냐며. 하루에 두 시간 넘게 운동하는 남편의 기준에서 오고 가는 길이 40분이면 아무것도 아니겠지만 나에게는 무리다. 운동 자체를 싫어하는 나로서는 움직이기 위해 수영장에 가는 것만으로 대단한 발전이다. 거기에 더 추가해서 움직이는 건 내가 가지고 있는 에너지 총량에서 벗어나는 행위다. 또한, 기껏 시원하게 수영장에 갔다가 걸어오면 땀이 나서 다시 샤워하는 것도 귀찮다. 나는 하교하는 시간에 아이들을 데리러 가는 시간 외에는 걷지 않는다. 20분 걷는 것이 나의 하루 최대치다. 수영장을 꾸준히 가기 위해서라도 차는 꼭 필요하다.

직장 다닐 때는 차의 필요성을 크게 느끼지 않았다. 남편과 직장 위치가 같았고, 볼일이 있으면 남편과 함께 움직였기 때문이다. 이제는 남편과 행동반경이 달라져서 어쩔 수 없이 버스를 이용해야 한다. 시골은 버스가 도시만큼 자주 운행하지 않는다. 버스 시간에 맞춰 움직이다 보면 약속 시간보다 한 시간 정도 일찍 가야 하는 경우가 있다. 그러므로 버스 시간에 나의 스케줄을 맞추거나 맞지 않으면 군에서 운영하는 평생학습 강좌를 배우고 싶어도 포기해야 한다. 그렇다고 시간이 아까워 비싼 택시를 타는 것은 수입이 일정하지 않은 내가 누리기에는 마음 한구석이 불편하다.

물론 버스를 타고 다니면서 얻는 것도 있다. 버스의 노선대로 따라가다 보면 그동안 버스를 타고 다니지 않았기에 알 수 없었던 동네 구석구석을 누비게 된다. 그 길을 따라가면 자연이 주는 싱그러움을 만끽할 수 있다. 눈만 뜨면 보는 초록 물결이 이전과 다르게 새롭게 다가온다. 버스를 타므로 눈 호강을 실컷 한다. 또한, 버스에서 동네 어르신들의 오가는 정다운 얘기도 들을 수 있다. 만나기로 약속한 사람을 기다리면서 여유롭게 사색하며 글감을 모으고 이미 써놓은 글에서 수정할 내용이 있는지 계속해서 생각한다.

그런데도 나는 차를 구입하기로 했다. 남편은 우리가 함께 모아 둔 돈으로 사자고 했다. 하지만 나는 그동안 책을 출간하면서 발생한 인세와 그동안 받은 상금과 북토크, 칼럼 요청으로 쓴 원고료를 모아 둔 통장이 있다. 차만큼은 우리 부부가 함께 모은 돈이 아니라 내가 따로 모아 둔 통장에 있는 돈으로 사고 싶다. 그 이유는 그동안 열심히 살아왔고 새롭게 출발하는 나에게 스스로 선물하는 게 더 의미가 있기 때문이다. 또 다른 이유는 내가 필요해서 사는 차를 공동 생활비에서 지출하면 왠지 떳떳하게 놀지 못할 것 같아서이다.

차를 기다리는 것 자체만으로 설렜다. 얼마 뒤 드디어 차를 받았다. 왠지 이 차가 나에게 행운을 가져다줄 것 같았다. '나와 행복을 동행한다'는 뜻으로 차의 애칭을 '행동'이라고 지었다. 그 차가 나를 어디로 이끌고 갈지 나도 모른다. 분명한 건 나에게 새로운 것을 배울 기회와 경험하는 또 다른 즐거움을 알아갈 수 있게 지금보다 더 반경을 넓혀 준다는 것이다.

그나저나 이제 차가 생겨서 남편에게 더워서 수영장에 못 간다는 핑계는 더이상 할 수 없다. 가기 싫은 날에는 그럴듯한 핑계를 찾아야 한다. 아무리 머리를 굴려도 날씨가 너무 춥지 않은 이상 빼도 박도 못하고 꼼짝없이 가게 생겼다.

쫓기듯이 취업하지는 말자!

　퇴사 후 나는 다시는 일을 하지 못할 것 같은 불안함에 바로 일자리를 알아보았다. 내가 가고 싶은 자리는 나를 원하지 않았고 내가 갈 수 있는 자리가 있었지만 썩 내키지 않았다. 처음에는 구인광고가 나면 어디라도 취업할까 생각도 해 보았지만 결국 입사원서를 내지 않았다. 그러다 군청에서 사회복지 전담 공무원 시험공고가 올라왔다. 경력직이라 시험 과목도 두 과목이었다. 이런 기회는 흔치 않다. 나의 실력이 어느 정도인지 알아보기 위해 기출문제를 뽑아서 풀어보니 아슬아슬하게 합격선이었다. 시험이 일주일밖에 남지 않은 마당에 그 짧은 시간을 공부해 합격을 바라는 것은 양심이 없다는 생각에 포기했다. 나와 같이 일했던 선생님은 4일간 공부해서 1등으로 합격했다는 소식을 들었다. 그 소리에 그때 도전해 보지도 않고 포기한 것에 아쉬움이 남았다. 솔직히 양심을 이유로 들었지만, 공무원이 되고 싶다는 생각을 해보지 않았으며 무엇보다 합격한다 해도 일할 자신이 없었다.

가끔 지인을 만나 이야기를 나누다 보면 자연스레 직장 이야기가 나온다. 나는 그들의 대화에 참여할 수가 없다. 일이 힘들다고 하소연하는 모습이 마냥 부럽다. 불과 몇 달 전만 해도 나도 그들과 다름없었는데 지금은 그들이 나와 다른 세상에 사는 것 같다.

지금 생활에 어느 정도 적응되어 예전만큼 직장 구하는 일에 간절함이 사라졌다. 편안함도 있는 동시에 적은 나이도 아니고 직장에서 사람에게 치였던 경험으로 새로운 곳에 대한 두려움도 있다. 예전에 나라면 내키지 않아도 일단 도전해서 부딪혀 보는데 이제는 그런 용기가 없다. 직장 생활로 힘들어도 내가 좋아하고 일이 재미있어 견딜 수 있는 곳에서 일하고 싶다. 다시 취업할 기회가 올 것을 대비하여 준비하는 것도 나쁘지 않겠다는 생각에 유튜브를 통해 엑셀을 배우고 있다. 직장을 다니면서 업무적으로 좀 더 보완하고 싶었던 것이 엑셀이다. 엑셀을 활용할 수 있는 게 무궁무진하였다. 그야말로 신세계였다. 내가 그동안 알면 효율적으로 일할 수 있었던 것들을 단순 무식하게 시간을 낭비하면서 업무를 하고 있었다는 것을 깨달았다.

집에 있으면서 느껴지는 불안감이 무엇인지 찬찬히 들여다보았다. 단지 다시는 일을 할 수 없을 것 같은 불안이 아니었다. 아무것도 하지 않는 내 모습에서 비롯된 감정이다. 불안을 인정하고 사라질 때까지 시간을 두고 흘려보내는 것도 필요하다.

어쩌면 퇴사 후 주어진 시간은 나에게 뜻밖에 받은 선물일 수 있다. 어떻게 시간을 활용하는가에 따라 나의 일상이 달라진다. 당장 재취업에 대한 조급함을 가지고 취업해서 후회하는 것보다 여유를 가지고 여행 계획을 세우거나 새로운 취미 생활을 하는 등 하루하루 재미있게 지낼 수 있는 것을 궁리하는 삶도 그리 나쁘지 않겠다고 생각했다.

퇴사 후 아무것도 안 하고 놀겠다고 다짐했지만 나는 성향상 무언가를 하고 있어야 편안함을 느끼는 사람이다. 처음에는 쉬지 않고 나를 채찍질하는 것을 부정적으로 바라봤다. 하지만 그 성향이 삶을 잘 살아야겠다는 의지일 수도 있다는 생각이 들었다. 무언가에 열중하여 배우다 보니 이 생활도 어느 정도 적응되었고 안정감도 되찾자 무언가에 쫓기듯이 조급한 마음에 취업하기보다는 좋은 자리가 날 때까지 기다렸다가 취업하고 싶다.

친구를 잃지 않아서 다행이다

카카오톡이 전 직장에서 만난 시설장애인의 생일을 알려준다. 퇴사하기 전 가끔 전화하기로 했는데 문득 잘 지내는지 궁금했지만 전화는 하지 않았다. 그런 내 마음을 아는지 병순씨에게서 전화가 왔다.

"선생님, 저 병순이에요?" 하며 전화기 너머로 전해오는 반가운 목소리를 듣는 순간 그리웠기에 눈물이 났다. 나는 생일에 어떻게 지냈는지, 한 번도 가보지 못했던 제주도를 올해 가기로 했었는데 디녀왔는시 능등 물어봤다. 나에게 제주도에 다녀온 이야기를 하는데 그의 목소리는 한껏 들떠 있었다. 만약 퇴사하지 않았더라면 나도 그와 같이 갔을 것이고 병순씨가 좋아하는 모습을 직접 눈으로 보았을 건데 못내 아쉽다. 이리도 좋아하는데 그동안 진작 데려가지 못한 사실이 미안했다.

병순씨를 시작으로 함께 생활하는 분들과 일일이 통화를 했다. 다들 반가워했고 나와 우리 아이들의 안부까지 챙겼다. 영미씨는 나에게 시설로 놀려오라고 말했다. 마음 같아서는 벌써 갔다 왔을 거지만 퇴사하고 나니 막상 가기가 쉽지 않다. 나를 잊지 않고 전화해준 병순씨가 고마웠다. 아마도 내가 병순씨를 다른 시설장애인보다는 각별하게 생각하고 있는 것을 그도 알고 있었던 눈치다.

그를 사회복지사의 시선으로 바라보기보다는 같은 뇌병변 장애인으로 바라봤기에 다른 시설장애인보다 동질감과 애틋함이 더 크다. 태어날 때부터 시설에서 생활한 그는 잦은 이별로 사람에게 마음의 문을 쉽게 열지 않는다. 사람들로부터 상처받기 싫은 그만의 방어기제이다. 처음에는 그것도 모르고 병순씨를 오해했다. 그와 친구가 되는데 시간이 걸렸지만 우리는 친구가 되었다. 나와 같이 손이 불편한 그는 말하지 않아도 무엇이 필요한지 안다. 한번은 손이 불편하여 물을 들고 먹지 못하는 나를 위해 빨대를 한 아름 선물로 안겨 주었다. 내가 사회복지사로 느슨해지면 뼈 있는 말로 조언해 나를 정신을 차리게 만들어 주었다. 또한, 그와의 대화로 아이디어를 얻어 프로그램을 기획서로 작성하기도 했다. 사회복지 현장에서 시설장애인의 시선에서 생각할 수 있도록 알려준 파트너이다.

그런 특별한 병순씨가 먼저 나에게 연락해오자 나의 무심함에 낯 뜨거웠다. 전화하겠다고 말하고선 깜깜무소식인 내가 얼마나 야속했을까 싶다. 다른 사람의 기분을 먼저 살피고 자신의 마음을 잘 드러내지 않는 그가 나에게 전화하기까지 얼마나 망설이다가 전화했을까. 그 마음이 느껴져 미안했다. 시설에 방문하는 자원봉사 교육 시 시설장애인에게 지키지 못할 약속을 하지 말아 달라고 부탁하고선 내가 지키지 못할 뻔했다. 병순씨로 인해 약속을 어기지 않을 수 있어서 다행이다. 그로 인해 나는 친구를 잃지 않았다.

직장을 그만둔 이유가 시설장애인들 때문이 아닌데 그들과 나눈 마음까지 정리하고자 했다. 내가 받은 상처만 크게

보여 그들의 마음을 헤아리지 않아 미안했다. 그리운 사람
들의 목소리를 들으니, 눈물이 찔끔 났다.

눈칫밥을 안 먹는데 이상하다

　회사를 그만두고 좋은 점이 꼴 보기 싫은 사람을 보지 않아서 좋고 사람들로 하여금 눈칫밥을 먹지 않아도 된다는 점이다. 중간 관리자로 있으면 상사 눈치도 봐야 하고 아래 사람들의 눈치도 살펴야 한다. 솔직히 요즘 세대는 우리 때처럼 시키면 시키는 대로 하지 않는다. 자신이 싫으면 하지 않기에 그들의 눈치를 봐가며 업무를 지시해야 한다. 그들에게 해야 할 업무를 요청할 때 '지시'가 아니라 '부탁한다'라는 표현이 맞다. 솔직히 상사보다 더 무섭다. 우리 때는 싱사가 시키면 불합리해도 했는데 지금은 내가 해왔던 직장생활 방식을 아래 사람에게 요구하면 큰일 나는 시대다.

다른 사람에게 시키는 것보다 차라리 내가 일을 더 하는 게 훨씬 편하다. 어쩌면 자신의 입장을 솔직하게 말하는 그들이 직장생활을 현명하게 하는 것일 수도 있다. 아무튼, 내 나이대의 직장인은 대접받지도 못하고 상사임에도 상사 같지 않은 어중간한 위치의 낀 세대이다.

퇴사 후 분명 눈칫밥이 줄었음에도 뱃살은 늘어나고 몸무게는 50kg이다. 임신했을 때도 50kg을 넘지 않았는데 몸무게의 숫자는 날로 갱신하고 있다. 예전에 같이 일하던 선생님이 자신도 내 나이대는 40kg대였다고 했을 때 거짓말이라고 콧방귀를 꼈다. 나는 체질상 찌지 않는다는 근거없는 자신감은 어디서 나왔는지 모르겠다.

눈칫밥은 줄었지만 나잇살이 나를 기다리고 있다. 내가 몸무게를 재고 있으면 누리가 몇 킬로그램인지 묻는다. 내가 기어들어 가는 목소리로 50kg을 넘었다고 말하니 아빠가 엄마 50kg 넘으면 안 논다고 했다며 엄마랑 놀 사람이 한 명 줄었다고 말한다. 남편이 운동하라는 뜻에서 한 말인데 아이는 곧이곧대로 듣는다. 애들 앞에서 농담도 하면 안 된다는 생각을 또 한 번 했다. 날이 추워져서 수영장을 가지 않았더니 불과 2주 전까진 40kg 후반대에서 50kg를 왔다 갔다 하던 몸무게가 이제는 50kg로 정착했다. 아직 5라는 숫자가 어색하고 부정하고 싶어 가수 엄정화가 다이어트 디톡스를 위해 레몬수를 마신다는 것을 보고 나도 그를 따라 열심히 마신다. 그 모습을 보고 남편은 살 빼려면 식단과 운동을 병행해야 한다고 말한다. 누가 그걸 모르냐고. 세상에는 맛있는 게 너무나 많은 것에 비해 나는 지구에 붙어서 움직이기가 싫다. 30kg 이상 뺀 사람이 하는 말이라 듣기 싫어도 따질 수가 없다. 이왕 살이 찔 거면 비율 좋게 찌면 좋으련만 배만 나와서 올챙이 같다. 옷을 입어도 배만 도드라져 보여 거울 보기가 싫다.

나잇살이라고 치부할 수가 없다. 퇴사하고 내가 유휴 인력인 것을 알고 밥 먹자는 사람들이 많아졌다. 그 덕에 나는 여기저기 잘 다닌다. 얼마 전에는 퇴사 후 10년 넘게 보지 않은 선생님과 연락이 닿아 밥을 먹었다. 그는 이제 막 이직한 직장에서 휴일 없이 일하느라 정신이 없다고 한다. 우리는 각자의 근황부터 시작하여 함께 일했던 시절까지 시간 가는 줄 모르고 수다를 떨었다. 어느 곳에 매여있지 않으니 사람과의 만남이 늘어났다.

퇴사 후 우울한 줄 알았는데 아이들 챙기는 틈틈이 자유 시간 가지느라 더 바쁘다. 직장을 그만두면 무너질 것 같았는데 다른 삶이 있다. 정해진 계획 없이 상황에 따라 움직이는 이 삶도 그리 나쁘지가 않다. 인생은 좋은 것만 있는 것도 아니고 나쁜 것만 있는 것도 아니라는 것을 알았다. 그렇다고 재취업의 희망의 끈을 놓은 건 아니다. 그저 지금 이 시각을 즐기겠다는 뜻이다.

보이지 않았던 것들을 보는
민감함을 가지고 싶다

아이들은 학교 가는 날에는 깨워도 일어나지 않다가 주말이면 깨우지 않아도 새벽같이 일어나 놀자고 나를 깨운다. 늦잠 자라고 해도 자지 않는 청개구리 같은 행동을 지금 내가 하고 있다. 직장 다닐 때는 5분이라도 더 자고자 알람 끄기를 반복했다. 집에서 쉬어서 체력이 남아서 도는지 지금은 4시 20분에 맞춰 놓은 알람 소리에 일어난다. 결코, 나이가 들어 새벽잠이 없어진 것이 아니니 오해는 하지 않았으면 한다. 그 시간에 일어나면 뜨거운 물을 마시고 교회에 간다. 평소에 일 년에 한 번 갈까 말까 한 새벽예배를 간다. 물론 매일 가지는 않지만 가기 위해 애쓴다. 새벽예배를 드리는 내 모습을 예쁘게 봐주셔서 그동안 내가 하나님이 보시기에 잘못한 것들을 용서하거나 앞으로 내가 원하는 것을 들어주십사하고 미리 예금하는 마음으로 간다. 교회 갔다가 차를 주차하고 달리기를 한다. 우리 집 앞은 길에 가로등이 있어 새벽에도 환하다. 20분도 채 하지 않지만 숨이 차고 땀이 난다. 하다 보면 점점 시간이 늘고 숨이 차지 않는 날이 올 거라고 생각한다. 뛰고 나면 잠시나마 운동했다는 생각에 나 스스로가 기특하다.

남편은 새벽에는 어두컴컴하다고 교회에 가지 않았으면 한다. 하지만 나는 그 시간에 일어나서 조용한 길을 운전하는 것이 좋다. 네시 즈음에는 내가 평상시에 보지 않던 풍경을 볼 수 있다. 쓰레기를 치우는 쓰레기 차가 보이고, 우유 배달을 위해 대리점에서 분주하게 움직이는 사람이 보인다. 이런 풍경은 어느 정도 예상했다. 미처 생각지도 못한 이색적인 풍경도 있다. 쓰레기 차가 수거를 원활히 할 수 있게 쓰레기를 인도가 아닌 최대한 도로 안쪽으로 버려둔 것과 다이소 가게에 물건을 나르는 화물차가 물건을 내리는 풍경이다. 이 새벽에 일어나지 않았더라면 쓰레기 수거 차량이 손쉽게 수거할 수 있도록 마을 사람들이 청소원을 생각하는 배려의 마음을 읽을 수 있었을까 싶다. 아마 없었을 것이다. 다들 자는 새벽부터 일을 시작하는 이들에게 부지런함과 자신의 삶과 가정에 책임지기 위해 애쓰는 마음이 보인다.

또 한편으로 우리가 늦게 우유를 먹는다고, 쓰레기가 아침 시간에 있는 것이 미관상 보기 좋지 않다고 해서 우리가 생활하는 데 큰 지장이 없다고 생각한다. 생명을 돌보는 의료 종사자와 새벽에도 도움이 필요한 사람들을 위한 서비스를 지원해야 하는 돌봄 노동자 등을 제외하고 쓰레기 수거차, 우유 배달원 등 새벽 노동자들이 꼭 새벽이 아닌 남들처럼 9시에 시작해도 무관하다고 생각한다. 지금이야 괜찮지만 추운 겨울날에 새벽에 나와 일하는 이들을 생각하니깐 마음이 쓰인다. 내가 추운 날 일어나기 싫은 것처럼 그들 역시 좀 더 따뜻한 집에서 더 자고 싶을 것이다.

새벽에 보는 모든 풍경이 내게는 생소하게 다가온다. 우리 삶도 눈에 보이지 않는 것들이 많이 존재하는데 그것들을 간과하거나 제대로 인식하지 못하고 지레짐작으로 판단하여 그게 정답인양 믿으며 살아왔다. 살아가는 데 내 눈에 보이지 않고 내 귀에 들리지는 않지만, 존재하고 있는 모든 것들의 이면을 민감하게 바라볼 수 있는 눈이 필요하다는 생각이 든다.

그런 생각을 하면서 운전하다가 백미러를 보았는데 접혀 있었다. 인터넷상에서 운전을 막무가내로 운전하는 그 유명한 김여사가 나였다. 그동안 나에게 운전대를 맡기지 않고 남편이 전적으로 운전한 이유와 내가 새벽에 운전을 안 했으면 하는 바람이 나를 걱정해서가 아니라 다른 운전자를 위한 것이며, 차가 많아 혼잡한 대도시가 아닌 시골에서의 김여사가 자신의 아내라는 사연이 세상에 밝혀지는 게 두려운 것일 수도 있겠다는 생각이 문득 들었다. 남편은 내가 운전할 때마다 늘 농담처럼 두 번 장가가는 것도 나쁘지 않다고 했는데 그 말이 괜히 거슬리기 시작한다. 이것만은 보이지 않은 이면을 확인하기보다는 나를 사랑하기 때문이라고 믿고 싶다.

3부

비록 돈은 적게 벌지만,
하고 싶은 일을 하며 삽니다

나는 집으로 10시에 출근한다

　출근하지 않는 일이 일상이 된 나는 나만의 루틴을 세웠다. 그중 하나가 10시에는 무조건 노트북을 켜는 일이다. 나의 출근 시간이다. 10시로 잡은 이유는 직장 다닐 때 9시였기에 한 시간 늦게 출근하는 호사를 누리고 싶어서이다. 그 시간에는 독서하거나 리뷰, 소설을 쓴다. 또는 그동안 배우고 싶었던 것을 ZOOM을 통해 배운다. 직장에서도 기획서가 뭔지 감을 잡고 제대로 쓰는 달인이 되기까지 2년이 걸렸다. 지금 내가 하는 일들도 시간이 쌓이다 보면 나만의 브랜드를 제대로 찾은 달인이 되어있을 것이다. 더디 가더라도 즐겁게 꾸준히 밀고 나갈 계획이다. 나만의 브랜드가 완성된 순간을 떠올리는 것 자체가 지금 나에게 동기부여가 된다.

또 한 가지 하는 것이 더 있다. 그것은 공모전을 모아 놓은 사이트에 들어가서 검색하는 일이다. 내가 도전할 만한 공모전을 눈여겨본다. 직장에서 공모사업에 실패를 많이 해보았기에 떨어지는 것은 두렵지가 않다. 선정되지 않으면 떨어진 이유를 분석했다. 돈 드는 일도 아니니까 또다시 도전하면 된다. 도전해 보고 혹시나 하며 기다리는 자체가 즐겁다. 당선되는 순간을 상상하는 것만으로도 행복하다. 당선되지 않아도 그 시간 자체로 나를 행복하게 만드는 시간임은 틀림없다.

여느 날과 다름없이 공모전을 열심히 찾고 있는데 남편이 선정되면 밥 사라며 공모 공고 링크 하나를 보냈다. 열어 보니 강원문화재단에서 '장애예술인 창작활동 지원 사업'을 공모한다는 것이다. 그 공모전을 보자마자 가슴이 뛰었다. 선정된 후 해야 할 일들이 머릿속에 그려졌다. 퇴사하면서 더 이상 기획서를 쓰지 못할 거라는 생각에 아쉬움이 남았다. 아직 세상에 나와 빛을 보지 못한 자식 같은 사업 아이템들이 사장된다는 사실에 속이 쓰렸다. 하지만 직장에서 집으로 대상자가 시설장애인에게서 나와 주민으로 바뀌었을 뿐 나는 여전히 기획서를 쓰고 있었다. 사업을 진행하기 위해 구상한 것을 바탕으로 사람을 만나 프로그램에 대해 의견을 나누고 장소를 섭외한다. 역시 사업을 진행하기 위해 기획서를 쓰는 것 자체가 신바람 난다.

기획서를 재단으로 발송한 후 나는 선정될 수 있게 간절히 기도했다. 한 달 후 선정된 명단에 나의 이름이 딱 박혀 있었다. 나도 모르게 소리 질렀다. 예전에 직장에서 첫 프로포절이 선정되었던 순간의 짜릿함과 동일한 감정이 밀려왔다. '아직 내 실력이 죽지 않았다'라는 사실을 입증받는 기분이었다.

기쁜 소식을 남편에게 전하자 야무지게 그날 바로 한턱을 얻어먹었다. 열심히 외조하는 남편이 고맙기도 하지만 얻어먹는 약속은 잊어버리지 않을 정도로 남편의 기억력이 좋은 것은 조금 아쉽다. 거금으로 식사비를 지출해 지갑이 가벼워졌지만, 앞으로 북토크를 하고 장애인식 개선 프로그램을 진행하고 4번째 책을 쓸 생각에 마음이 부자가 된 것처럼 풍성해졌다.

장애인 인식개선 강사
면접장에 들어가다

    나는 아무런 계획 없이 퇴사했다. 한동안은 아이들이 학교에 가고 남편이 출근하면 본능대로 잠 오면 자고, 밀린 드라마와 영화를 봤다. 대학 졸업 후 육아 휴직을 제외하고는 쭈욱 일을 해왔기에 이러한 시간이 필요했다. 한동안은 스트레스를 받지 않고 지내는 이 생활에 만족스러웠다. 독서 모임, 장애체험 기획자, 강의 등 큰돈을 벌기보다는 즐겁게 사회 활동을 하고 싶다. '내가 지금 당장 할 수 있는 일이 무엇이 있을까?'에 대해 생각해 보았다. 여러 가지 중 하나가 장애인 인식개선 강사로 활동하는 것이다.

작년에 특별한 계획 없이 나중에 정년퇴직 후를 위해 장애인 인식개선 강사 자격증을 땄다. 그것을 이리도 빨리 사용하게 될 줄은 몰랐다. 장애인 인식개선 강사로 활동하기 위해 발을 내딛는 이 시점에 스스로 강의할 곳을 찾아다니는 것이 막막하였다. 이럴 때 다른 사람에게 스스럼없이 본인의 요구 사항을 요청하는 외향인이 부러웠다. 직장 다닐 때는 사람들 앞에 나서서 해야 하는 분야는 동료가 하고, 꼼꼼하게 처리해야 하는 부분은 내가 보완해서 일했다. 퇴사하고 나니 모든 것을 혼자서 처리해야만 했다. 이 부분이 아직은 낯설다. 이러한 일을 해보지 않았기에 두려운 거였지, 하다 보면 잘하게 되리라 생각된다. 강의할 곳을 아는 지인들에게 부탁했지만 생각처럼 쉽지가 않다. 먼저 장애인 인식개선 강사로 활동을 하는 지인이 강사를 파견하는 단체에 소속되어 활동하는 것이 경력도 쌓이고 활동 반경을 쉽게 넓힐 수 있다고 알려 주었다.

수소문 끝에 춘천에 있는 강원도지체장애인협회에 문을 두드렸다. 시연 강의를 하러 오라는 연락을 받았다. 면접관 앞에서 강의할 강의안을 작성하고 남편을 면접관이라 생각하고 예행연습도 해 보았다. 남편에게 면접관 역할을 부탁하면 안 된다는 것을 깨달았다. 마치 아내가 남편에게 운전을 배우는 것과 매한가지다. 이런 수모를 또다시 겪지 않기 위해 반드시 합격해야만 했다.

　면접 당일에 10분 정도의 시연 강의를 했다. 흔히들 알고 있는 장애인 차별금지법, 편의시설에 관한 정보, 보조공학 기기 지원 등의 내용도 필요하지만, 이런 내용의 강의는 누구나 할 수 있다. 교육을 듣는 교육생에게 한 번의 강의를 하더라도 해마다 듣는 식상한 내용 대신 그들에게 실질적으로 도움 되는 교육을 하고 다른 이들과는 차별된 강의를 하고 싶다. 경험하지 않고는 들을 수 없는 강의, 수강생이 장애인의 입장을 직접 체험해 보는 프로그램도 진행해 볼 계획이다. 21년간 장애인복지 현장에서 쌓아온 나의 자산이다. 장애인 인식개선 강사 활동을 할 때 무기가 될 것이라는 확신이 든다. 장애인으로서 살면서 느꼈던 일, 직장에서 일하면서 겪은 이야기를 중심으로 이루어진 살아있는 강의를 준비하여 시연했다. 면접관도 그 부분을 느꼈는지 좋게 봐준 덕분에 합격했다. 장애는 나의 콘텐츠이며 자산임이 틀림없다. 장애인이기 때문에 장애인식 교육을 다른 강사보다 차별적이고 전문적으로 더 전달하고 싶은 욕심이 있다. 이왕 이 길로 들어섰으니 강의 의뢰가 많이 들어오면 좋겠다. 장애인 인식개선 강사로서 커리어를 빨리 쌓고 싶다.

　강사를 시작한 후 10년 뒤에는 한 번도 못 들어본 사람은 있어도 한번 들은 사람은 또 나를 찾아주었으면 하는 바람이다. 나를 찾는 이유가 강의를 진심으로 하는 강사로 이름을 알리고 싶다. 장애인과 비장애인 사이의 이해할 수 있는 폭이 넓어지고 다양성을 존중하는 사회가 된다면 이 일 또한 의미 있는 일이라는 믿음이 생긴다.

장애인식개선 수강생에서
강사로 서다

　직장인이라면 온라인이든 오프라인이든 장애인식개선 교육을 의무적으로 받아야 한다. 나는 불과 올해 3월까지만 해도 수강생이었다. 퇴사 후 강원도지체장애인협회에 강사로 등록 후 일주일 만에 강의가 잡혔다. 출발 신호가 좋다. 장애인 보호작업장에서 일하는 근로인과 사회복지사가 대상이다. 그동안 사회복지 현장에서 장애인을 봐온 터라 그들이 낯설지가 않아 소통하기가 편했고 그들에게 서비스를 제공하는 사회복지사들에게 동료애가 느껴졌다.

　첫 강의라 떨렸지만 나와 함께 강의한 파트너 강사가 편안하게 이끌어 주었고 교육을 듣는 교육생들도 내가 하는 질문에 대답을 잘 해주어서 긴장이 풀렸다. 나의 강의를 들은 사람은 장애당사자 동료와 비장애 동료가 도움을 주고받는 관계에서 오는 불편함이 없길 바란다. 처음에는 선한 마음에서 도와주지만 시간이 갈수록 도와주는 것이 귀찮아진다. 받는 이도 고마움을 느끼는 동시에 배려받는 것에 눈치를 본다. 무조건으로 돕는 것이 아니라 자신이 내키지 않을 때는 도와주지 않을 권리가 있으며 도움을 받는 이도 상대의 선의가 부담되면 거절할 수 있는 건강한 사회가 되었으면 하는 바람이 있다. 그래야만 장애당사자도 편하게 일하며 비장애 동료도 자연스럽게 장애인을 동료로 인정할 수 있다. 내 강의의 목표는 어느 한쪽으로 기우는 관계가 아니라 평등한 직장 동료 관계가 되길 바라는 마음을 가지길 바란다.

며칠 후, 또 다른 강의가 잡혔다. 장거리를 운전할 정도의 실력이 되지 않아 거절했다. 그러나 강원도지체장애인협회 교육 담당자인 최선화 과장이 직접 운전해 주었다. 운전하지 못해도 강의를 할 수 있어서 감사했다. 신세 지는 것 같아 미안했지만 그 덕분에 강의를 무사히 할 수 있었다.

그렇게 도착한 강의장에는 4곳의 업체에서 일하는 사람들이 모여 있었다. 앞서 법률이나 편의 제공 등 이론적인 부분에 대해 파트너 강사의 강의가 있었다. 그 후 내 차례가 되었다. 첫 강의 때와는 달리 장애당사자보다는 장애인과 일하는 비장애 동료들이 대부분이다. 나는 그들에게 내가 직장 생활을 하면서 동료들에게 고마웠던 일, 아쉬웠던 일들의 사례를 들어가며 이야기했다. 그들에게서 자신들이 미처 장애당사자의 입장을 생각지 못했다는 것을 눈빛에서 읽을 수 있었다. 이들에게 강의하면서 내가 그동안 동료들에게 많은 배려를 받고 일하였음이 상기되었다. 그들의 얼굴이 떠오르자, 마음이 울컥했다. 사람으로 인해 힘들어서 퇴사했지만, 어찌 되었든 그들이 나를 위해 배려해 주었고 기다려 주었기에 그동안 일을 할 수 있었음을 인정할 수밖에 없다. 미운 것도 사실이지만 고마운 것도 사실이다.

과장은 내가 어색하지 않도록 인제에서 영월까지 오가는 차 안에서 가족 이야기, 자신의 이야기 등을 먼저 꺼내 주었다. 어느 정도 어색함이 사라지자 나에게 퇴사하게 된 이유를 물었다. 과장은 나에게 오랫동안 다닌 직장을 그만둔 게 아깝다고 했다. 과장 말대로 내가 쌓아온 커리어만 보면 그럴 수도 있다. 그 점에서는 나도 아쉽다. 기준을 외부에서 바라보는 것이 아니라 내가 기준이 되어 생각해 보면 전혀 아깝지가 않다. 커리어는 다시 차근차근 쌓으면 된다. 직장을 그만두고 프리랜서로 사는 것이 어쩌면 몸은 고되어도 감정에 휘둘리지 않고 일할 수 있다.

새로운 동료가 생겼다

꼬박꼬박 월급이 나오지 않는 프리랜서는 자신의 가치를 쓰임 받기 위해 직접 발로 뛰어야 한다. 누군가가 나를 찾아주기만을 마냥 기다릴 순 없다. 극 내향형인 I이지만 뻔뻔함을 얼굴에 깔고 나를 알려야 한다. 도서관 관계자, 학교 선생님, 토탈공예 강사, 서점 대표 등 내가 알고 있는 인적자원을 총동원하여 연락했다. 소극적인 내가 어디서 그런 용기가 나왔는지 모르겠다. '닥치면 다 한다'는 말이 그냥 나오는 말이 아니다. 그만큼 나를 알리는 일이 간절했다.

지인들을 만나기 전에 내 머릿속에 있는 사업 아이템을

구체적으로 구상하여 행사 계획서를 작성했다. 그리고 그들과 미팅을 잡았다. 행사 날짜와 프로그램 내용을 조율하면서 다양한 의견들이 오갔다. 새로운 동료들과 머리를 맞대고 이야기를 나누는 게 신이 났다. 나는 역시 어떤 사업을 기획하고 진행하는 것을 좋아하는 것을 또 한 번 알았다. 그리고 이러한 일들이 직장 밖에서도 가능했다. 나에게 기회를 준 그들이 귀하다. 퇴사하는 동시에 나에게는 함께하는 동료는 사라진다고 생각했다. 하지만 동료는 바뀌었지만 같은 목표를 가지고 추진하는 이들이 있다. 직장에서는 정해진 사람들과 주로 소통하는 반면 직장이라는 틀에서 벗어나면 더 넓은 범위의 다양한 사람들을 만나게 된다. 이들과 종종 만나서 밥은 먹지만, 매일 보는 사이도 아니고 일과 관련된 것 외에는 만나지 않기에 쓸데없는 감정을 소비하지 않는 점이 큰 강점이다. 그리고 내가 더 넓히고자 한다면 내 노력의 여부에 따라 인맥을 무한대로 넓힐 수 있다.

처음에는 누군가에게 나와 함께 협업하자고 제안하는 것 자체가 도전이었다. 그들의 입장에서는 나의 모습에 당황스럽기도 했을 것 같다. 그럼에도 나의 간절함이 통했는지 내가 하는 제안에 긍정적으로 검토해 주고 사람들을 모아

주고 사업을 홍보해 주고 장소를 제공해 주는 등 사업을 진행할 수 있게 도와주었다. 이들이 있었기에 북토크와 장애인 인식개선 프로그램을 풍성하게 진행할 수가 있었다. 올해를 시작으로 계속해서 인연을 이어나가길 바란다. 처음에는 내가 먼저 제안해서 여러 가지 일을 했다. 이제는 역으로 '책방 나무야' 대표가 내년에 어떤 일을 계획하고 있는데 같이 해보자고 제안했다. 나의 관심 분야이기도 하고 재미있는 프로젝트가 될 것 같아 함께 하기로 했다. 이렇게 인연은 계속 이어갈 수 있는 연결고리가 생겼다.

 프리랜서로서 첫발을 내딛는 것에 막연한 두려움이 있었다. 그러나 나의 우려와는 달리 많은 이들의 도움으로 무사히 출발했다. 프리랜서라는 삶은 혼자 가야 한다고 생각했다. 직장을 그만두는 순간 더는 인간관계를 맺을 수 없다고 단정지었다. 하지만 직장을 다니지 않더라도 또 다른 삶이 있듯이 인간관계 또한, 직장 울타리 내에서의 인간관계만 사라질 뿐 또 다른 사람과의 관계로 이어진다는 것을 알았다. 결국, 인간관계는 공기의 흐름처럼 어디서나 존재한다.
 나에게 도움을 준 이들은 나에게 시간과 장소와 기회 그리고 제2의 인생을 막 시작하는 나를 응원하는 마음을 주었다. 그 귀한 마음이 진심으로 느껴져 힘이 난다. 이들이 없었다면 나는 첫걸음도 제대로 떼지 못하고, 아무 것도 시도하지 못한 채 헤매고 있었을 것이다. 어쩌면 퇴사한 것에 후회했을 수도 있다. 그들은 내가 앞으로 나아갈 수 있게 도와주었다. 그들은 나를 결코 혼자 걷지 않도록 자신의 옆자리를 내어주었다. 그러기에 그들과 함께 이 길을 가기에 나는 외롭지가 않다.

꿈을 향해 함께 나아가는 이가 있어
외롭지 않다

　새벽에 비가 와서 몇 번이고 창밖을 내다봤다. 비로 인해 아이들이 북토크를 오지 않을까 걱정되었다. 아침에 비가 잦아들었지만 마음을 놓기는 일렀다. 강연 시간보다 조금 일찍 도착해서 강의를 세팅하면서 아이들을 기다렸다. 강의 시간 10분 전임에도 아이들은 나타나지 않았다. 강의실이 채워지지 않을 것 같은 불안이 스멀스멀 올라왔다. 나의 기우와 달리 아이들은 강의 시간 정각에 나타났다. 그 모습이 어찌나 이쁘던지 꽉 껴안아 주고 싶었다. 그렇게 계획했던 인원이 채워졌고 강의를 시작했다.

나와 나이 차가 많이 나는 청소년을 대상으로 강의를 잘할 수 있을지 걱정이 앞섰다. 그들의 관심 분야도 아닌 '장애인'이라는 생소한 주제를 조금이라도 더 공감시키기 위해 10대들이 자주 사용하는 용어로 강의를 준비했다.

청소년들에게 오늘 이곳에 오기까지 불편함은 없었는지 묻는 질문으로 강의를 시작했다. 대답이 없을까 봐 걱정한 것과는 달리 아이들은 곧잘 답했다. 아이들이 장애인에 대한 지식이 전혀 없지 않다는 사실에 놀랐다. 장애인 인식개선 교육 강의를 하다 보면 다양한 연령대를 만난다. 다 그런 것은 아니지만 대체로 연령대별로 가지는 분위기가 있다. 청소년들은 호응을 떠나서 그 나이대가 주는 싱그러움이 있다. 간혹 졸거나 지루해하는 아이도 있지만 대부분 호기심 가득한 얼굴로 나를 쳐다본다. 반짝거리는 아이들의 눈빛을 보고 있으면 아이들이 장애인에 대한 인식을 바꿀 수 있을 거라는 확신이 든다. 그로 인해 미래에는 사회가 조금은 변화되리라는 기대감이 생긴다. 강의라는 작은 씨앗이 다양성이 인정받는 사회로 변화를 이끌어 낸다는 것은 얼마나 멋지고 값진 일인가. 그 생각이 들면 허투루 할 수가 없다. 더 많은 것을 알려주고 싶은 마음과 책임감에 예정된 강의 시간을 훨씬 더 넘겼다.

북토크를 마친 후 청소년들과 장애체험 프로그램을 통해 장애인에 대해 좀 더 알아가는 시간을 가졌다. 눈을 감고 또는 한쪽 팔로만 만들기를 할 때 대부분의 친구들은 이게 가능하냐며 물었고, 어떤 친구들은 만들기를 포기하는 경우도 있었다. 잠깐의 장애체험으로 장애인의 입장을 전부 알게 되었다고 섣부르게 판단하는 것은 위험하다. 그럼에도 장애체험을 통해 청소년들이 장애인을 좀 더 이해할 수 있길 소망한다. 오늘 활동한 것은 나누고 정리하여 군수와 면담할 예정이라고 했다. 아이들의 입을 통해 우리가 사는 지역이 변화될 수 있겠다는 생각에 내가 뭔 큰일을 한 듯 뿌듯했다. 재능기부라도 좋으니 기회가 된다면 이들과 풍성하고 더 다양한 장애체험 프로그램을 진행하고 싶은 욕심이 났다.

아쉬운 점은 있지만 전반적으로 성공적인 행사를 마쳤다. '장애예술인 창작활동 지원 사업'을 신청하기 전 장애인 인식개선 프로그램 진행에 관해 이야기를 나눈 선생님이 있다. 나의 사업 제안에 그는 기꺼이 수락하였다. 권미정 토

탈공예 강사는 무슨 일을 할 때 부정적인 생각보다는 일단은 해 보자, 어떻게 하면 가능할지를 먼저 생각한다. 그 부분은 내가 배울 점이기도 하다. 우리는 행사에 대해 함께 의논했다. 고맙게도 아이들은 선생님이 모아 주었다. 덕분에 순조롭게 행사를 진행할 수 있었다. 선생님의 애써주심이 있었기에 가능했다. 혼자였다면 결코 하지 못할 일이다. 천군만마를 얻은 기분이었다.

  그날 밤 아이들의 호응에 가슴이 벅찼고 프리랜서 생활에 첫발을 성공적으로 내디딜 수 있어 감사했다.

오늘도 나는 책을 알리러 갑니다

 작가가 되기 전에는 작가는 글만 쓰면 자동으로 책이 팔리는 줄 알았다. 내가 김초엽이나 천선란 작가처럼 인기가 있는 것도 아니면서 어디서 그런 근거 없는 자신감이 나왔는지 모르겠다.

 남편에게 내 자식과도 같은 책이 사람들에게 큰 호응이 없으면 속상하다고 하소연했다. 남편은 김영하나 무라카미 하루키처럼 필력이 뛰어난 유명한 작가도 아니면서 홍보도 하지 않고 팔리기를 원하는 건 도둑놈 심보라고 했다. 어쩌면 인기 있는 작가도 자신의 책 한 권이라도 더 팔기 위해 열심히 홍보하지 않을까. 틀린 말 하나 없는데 네가 한번 써보고 그런 말을 하라고 괜한 심술을 부렸다. 만약 공모전에 당선되어 상금을 받으면 온갖 유세는 다 떨겠다고 다짐했다.

나같이 비인기 작가는 글만 쓰면 안 된다. 조금이라도 더 책을 알리려면 책이 나오면 적극 홍보하는 것이 맞지만, 극I형인 나는 내 책을 사 달라고 말하기가 참으로 민망하다. 자연스레 내 책을 알리는 방법 중 하나가 북토크다. 이전까지는 누가 불러주는 경우에만 북토크를 했다. 올해부터는 내가 먼저 책방이며 도서관, 학교와 기관에 제안하기 시작했다. 북토크를 가면 내 책을 알릴 수 있는 것도 좋지만 독자들의 눈을 보며 소통하는 시간이 소중하다.

한번은 포항에 있는 <지금 책방>에서 북토크를 했다. 김미연 대표와는 예전부터 인연이 되어 알고 있던 사이다. 처음 그곳을 방문했을 때 대표가 따뜻하게 맞아준 좋은 기억에 언젠가는 그곳에서 북토크를 하고 싶은 마음이었다. 내가 북토크를 하겠다고 연락을 드렸을 때 대표는 흔쾌히 자리를 만들어 주었다.

여름 휴가철임에도 우리가 예상했던 인원이 채워진 것을 보고 뒤에서 독자를 모으기 위해 애를 많이 쓴 것이 느껴졌다. 가족과 가기로 한 휴가를 조금 미루고 온 어린이, 부산에서 포항까지 찾아온 이, 자는 갓난아기를 안고 온 아이 엄마 등 그곳에 나의 이야기를 듣기 위해 온 한 분, 한 분 모두 다 나에게 감동으로 다가왔다.

책 속에 내용을 가지고 이야기할 때 눈물을 감추는 독자, 나의 농담에 웃어주고 반짝이는 눈으로 질문하는 아이들을 보면서 북토크를 하는 나라는 사람이 참으로 행복하다는 생각이 들었다. 전업 작가의 길로 들어서지 않았더라면 북토크를 적극적으로 하지 않았을 것이고 이러한 기쁨도 알지 못했을 것이다.

북토크를 마친 그날 밤, '환대'라는 의미를 곱씹어 보았다. <지금 책방> 대표는 북토크를 준비하는 과정에서 나의 책 표지를 자그맣게 뽑아서 간식과 물병에 붙여 놓았고 나를 위한 꽃다발을 준비했다. 또 북토크가 있기 전날 대표에게서 내 책을 미리 읽은 한 어린아이가 나의 북토크에서 무엇을 배우게 될지 기대된다고 한 말을 전해 들었다. 누군가가 나에게 감동을 주기 위해 이벤트를 준비하고 나를 기다리는 이에게서 환대의 의미를 배워 간다.

강원도에서 포항까지 운전하고, 북토크 PPT 자료를 넘겨주고, 포토 그래퍼로 열일하느라 피곤했는지 남편은 코까지 골면서 내 옆에서 자고 있다. 그 모습을 조용히 바라보면서 문득 그동안 남편이 묵묵히 언제나 나를 위해 열심히 외조를 하고 있다는 생각에 참으로 고마웠다.

글을 가르칩니다

 내가 가지고 있는 경험을 살려 집에서 아이들 학습지 비용이라도 벌고 싶었다. 무엇이 좋을까 고민하다가 글쓰기가 떠올랐다. '숨은 고수'라는 앱을 통해 글쓰기 고수로 등록했다. 하루에 10건 정도의 요청이 들어오는 것을 보면서 사람들이 글쓰기에 관심이 많다는 것이 느껴졌다. 요청 건수에 비해 수입으로 이어지는 것은 몇 건이 되지 않는다. 처음에는 그것에 낙담하여 수강료를 낮춰볼지 고민하다가 나의 경험을 저렴하게 팔지 않기로 했다. 대신 나와 인연이 된 수강생에게 진심을 다해 알려드리고 계속해서 나를 찾게 만들어야겠다고 생각했다. 다행히 지금까지 의뢰한 사람을 계속해서 가르치고 있다.

　나는 국어국문학과를 나왔지만 글쓰기 기술이나 작법, 세련된 문장 표현 등을 전문적으로 가르치는 능력은 없다. 하지만 꾸준히 글을 쓰는 방법, 자신의 원고가 어느 출판사와 어울리는지 찾는 법, 투고 시 출판사에 메일을 보내는 법, 투고의 노하우 등 내가 글을 쓰고 출간하면서 알게 된 경험들은 알려줄 수 있다. 표면적으로는 글을 가르쳐 주는 것이지만, 실제적으로는 먼저 글을 쓴 나의 경험을 나누고 있다. 처음에 본격적으로 글을 쓸 때 나에게 도움을 준 것은 글쓰기 선생님보다 이미 작가가 된 지인들이었다. 나는 처음에 출판사에 완성된 원고가 있어야만 투고가 가능한 줄 알았고, 출간 기획서를 작성해야 하는지조차 몰랐다. 먼저 글을 쓴 선배 작가들의 경험과 조언으로 헤매지 않고 출판사에 투고할 수 있었다. 무엇보다 나에게 쓸 수 있다고 용기를 주었다. 그 덕에 포기하지 않고 글을 쓸 수 있었다. 글 쓰는 작법은 책이나 영상을 통해 얻을 수 있다. 그러나 먼저 그 길을 가고 있는 선배들의 경험은 쉽게 얻을 수 없는 값진 보물과도 같다.

내가 '숨은 고수'에서 처음으로 만난 분은 중년의 여성이다. 첫 번째로 나의 경험을 공유해서인지 다른 사람보다 더 애정이 간다. 처음 나를 소개할 때 제가 장애가 있는데 불편하지 않은지 여쭈어보았다. 그는 고수로 등록한 나의 프로필에 올려둔 책을 보고 장애인임을 알았다고 말했다. 장애가 있는 사람에게 글을 배우는 것이 큰 문제가 되지 않기 때문에 개의치 않는다고도 했다. 나에게 글을 배우기 위해 글쓰기 레슨을 요청했다가 내가 장애인이라는 사실에 철회한 사람도 있다. 장애인을 접해보지 않은 사람이라면 겁이 나거나 불편할 수 있기 때문에 그들이 충분히 이해가 된다.

불과 4년 전만 해도 글쓰기 수업을 배웠던 내가 누군가를 가르친다는 게 신기했다. 줌으로 얼굴을 마주했을 때 처음이라 긴장되었지만 시간이 어찌 지나갔는지도 모를 정도로 이야기는 계속 이어졌다. 그는 늦은 나이에 대학에서 영상관련학과를 다니는 동시에 요양보호사로 일하고 있었다. 그 나이대에 영상관련학과를 선택하게 된 동기와 학업의 과정을 글로 풀어내도 재미있을 것 같다. 일과 학업 그리고 주부로서 역할을 해내면서 틈틈이 글을 쓰는 열정이 대단하다. 수업하기 전 먼저 제출한 그의 글을 읽을 때 다듬지 않아 투박해 보이지만 글 속에는 그가 살아온 인생이 보이고 연륜이 느껴졌다. 그는 나에게 글을 배웠지만 나는 그에게서 꿈을 향한 열정과 넉넉하게 세상을 바라보는 여유를 배웠다.

두 번째는 아는 지인이 자신이 출간을 목표로 하고 있는데 자신의 글을 봐달라고 했다. 요즘 사람들이 관심 있는 주제였다. 나처럼 시행착오 겪지 않도록 내가 알고 있는 것을 다 알려주고 싶었다. 지인이 꼭 출간하는 책을 실물로 보고 싶다. 그것을 상상하는 것만으로도 뿌듯하다. 내가 도움을 요청했을 때 도와준 이들도 이런 마음으로 나에게 도움을 주지 않았을까 짐작해본다.

앞서 작가의 삶을 사는 선배들의 도움받아 글을 쓰는 인생으로 살고 있다. 나 역시 작가를 꿈꾸는 예비 작가에게 선배들처럼 길라잡이와 같은 역할을 하고 싶다.

언젠가는 『가녀장 시대』 같은
소설을 쓰리라!

중학교 때 신경숙 소설가의 책 『외딴방』을 친구에게 빌려 읽었다. 그 책으로 소설의 재미를 알았다. 자신의 꿈을 놓치지 않고, 실화를 바탕으로 소설을 썼다는 사실에 놀라웠다. 이 소설을 읽기 전까지는 모든 소설은 허구로 쓰는 줄 알았다. 그 후 신경숙의 소설은 모조리 사거나 빌려서 다 읽었다. 그의 문체는 잔잔하면서도 선명하게 다가왔다.

꿈 많은 중학생은 자신이 좋아하는 소설 속 문장을 꾹꾹 눌러 공책에 옮겨 적으며 이미 소설가가 된 자신을 상상했다. 그 꿈은 고3 원서 쓰는 데까지 영향을 줬다. 국어국문학과를 가면 저절로 소설가가 되는 줄 알았다. 1학년이 된 지 얼마 되지 않아 내게 글 쓰는 재능이 없음을 알았다. 졸업 후 나의 앞날이 그려지지 않았다. 빠르게 포기하고 2학년 때 사회복지학과로 복수전공을 했다.

졸업 후 사회복지사로 장애인 복지시설에 입사했다. 소설은 아니지만 다른 종류의 글을 21년간 썼다. 처음에는 후원자 편지로 시작하여 소식지까지 만들었다. 몇 년 후 기획서를 쓰는 일이 주 업무인 보직으로 변경되었다. 그렇게 직장 생활을 하는 동안 여러 형태의 글을 썼다. 나는 사실을 그대로 전달하기보다는 스토리를 엮어서 작성하는 것에 더 흥미를 느꼈다. 그런 형식의 글이 개조식으로 글을 쓸 때보다 후원자나 공모재단 심사위원의 관심을 끌게 만들었고 자원을 끌어들이는 것에 더 효과가 컸다.

시설장애인과 시설의 상황을 스토리로 엮어서 다른 이들에게 전달하는 글쓰기 훈련을 했다. 글에 재능이 없어 포기했다고 생각했는데 여전히 나는 그 꿈을 간직하고 글을 쓰고 있었다. 대학 시절 '소설 창작론' 강의를 기대하며 신청했다. 마치 나를 소설가로 데뷔시켜 주는 관문처럼 느꼈다.

기대와는 달리 재미가 없었다. 실제로 소설을 쓰는 것에 도움 되는 강의라기보다는 교수가 직접 쓴 책을 교재로 팔기 위한 수단으로 보였다. 소설 창작론의 종강과 함께 나의 꿈과 이별했다.

소설 형식의 기존 틀을 깨고 새롭게 나의 지경을 넓혀 준 책이 있다. 이슬아 작가가 쓴 『가녀장 시대』다. 그 책을 읽은 후 적지 않은 충격을 받았다. 기존에 내가 가지고 있던 소설의 형식을 무너지게 했다. 중학교 어린 소녀의 꿈의 불씨는 꺼졌다가 되살아났다. 이슬아 작가가 『가녀장 시대』를 썼다면 나는 비장애인 사회로 돌아가는 사회는 건강하지 않음을, 다양성이 존중되는 사회가 건강함을 알려주는 '장애인 중심 사회'를 쓰겠다고 다짐한다.

소설의 '소' 자도 모르는 나와 친하게 지내는 『꼰대 책방』을 쓴 오승현 작가의 추천으로 샌드라 거스가 쓴 소설 작법서 시리즈를 읽었다. 모든 내용이 나에게 도움이 되고 필요한 것이어서 너무나도 재미있게 읽었다. 대학교 때 이런 재미있는 교재로 수업했다면 발 빠르게 소설가의 꿈을 손절하는 일은 없었을 텐데. 늦게 배운 도둑질이 무섭다고 나의 흥미를 끌 만한 팁들이 책 속에는 많았다. 나중에 소설 쓸 때 적용해 보고자 노트에 하나하나 옮겨 쓴 페이지가 10장이 넘는다.

늘 머릿속에 둥둥 떠다니는 이야기를 본격적으로 실행에 옮겨 볼 계획이다. 온라인으로 소설 쓰는 강의도 신청했다. 강의 신청을 할 때 대학교에 막 입학한 신입생처럼 나를 설레게 했다. 지금 이렇게 배운 소설 작법이 밑거름되는 날이 오길 기대한다.

로또를 사듯이
오늘도 나는 도전한다

   사람들은 왜 로또를 살까? 돈이 정말로 절실히 필요해서 동아줄을 잡는 심정으로 사는 사람도 있다. 그러나 대부분 사람은 본인이 산 로또가 반드시 당첨될 거라고 생각하고 사지 않는다. 혹시나 하는 기대를 하고 산다. 나는 카드로 로또 구입이 가능한 줄 알 정도로 사 본 적이 몇 번 되지 않는다. 그 이유는 로또 같은 행운은 나에게 오지 않을뿐더러 노력하지 않고 요행을 바라는 것을 싫어한다. 한 번 로또를 산 적이 있는데 전날에 돼지꿈을 꾼 날이다. 남편은 교회 다니는 사람이 꿈에 돼지가 나타났다고 로또를 사는 행동은 옳지 않다고 말했다. 재미 이상으로 의미를 부여하지 않으니 하나님이 크게 진노하지 않고 애교로 받아주시리라 믿는다. 다행히도 돼지가 다른 사람들 꿈속에 찾아가기에 바쁜지 나에게는 좀처럼 찾아오지 않는다. 그 때문에 내 지갑과 신앙을 지금까지 잘 지키고 있다. 로또를 사면 당첨 번호 발표를 기다리는 일주일이 즐겁다. 그 시간 동안 나는 기부단체에 통 크게 기부하고, 세계 일주도 다니고, 커다란 건물을 사서 월세를 받는 건물주가 되고, 부모에게 효녀 노릇을 한다.

내가 회사 다닐 때 처음으로 공모사업에 선정된 기획서 분량이 10장이다. 그 기획서를 얼마나 뜯어고쳤는지 모를 정도로 고치고 고쳤다. 수십 년이 지난 지금도 그때 썼던 내용과 그 당시 감정은 잊혀지지 않는다. 그 당시 고생은 많이 했지만, 나는 그 계기로 내 일에 자신감을 가지고 일할 수 있는 원동력을 얻었다. 그때처럼 글의 종류는 달라졌지만 쓰고 고치기를 반복하는 행위는 똑같이 하고 있다. 나에게 공모전 도전하는 것은 글쓰기의 힘과 실력을 키우는 일이다. 내가 도전하는 공모전은 비슷한 주제여서 이번 공모전에 떨어지면 그 당시 미처 생각나지 않아 쓰지 못한 내용을 첨부하고 문장을 좀 더 매끄럽게 수정 후 다른 공모전에 제출한다. 그 시간이 전혀 괴롭지 않다. 왜냐하면 내 목표는 당선이 아니기 때문이다. 물론 당선되면 강의할 때 나의 이력 한 줄이 추가된다. 혹시나 하는 기대를 한다. 공모전에서 상금을 받게 되면 그날 저녁에 우리 가정은 치킨 파티로 행복할 것이다. 그것보다 글 하나를 완성하기 위해 포기하지 않고 궁둥이를 붙이고 글을 썼다는 성취감이 있다. 만약 당선이 주목적이었다면 당선되지 않는 것에 실망하고 쉽게 포기할 가능성이 크다. 당선되지 않아서 낙심은 되겠지만 글쓰기의 목적이 즐거움에 있기에 멈추지 않고 계속 쓸 수 있다.

나는 문장이 매끄럽지 않아서, 내가 생각한 만큼 글이 진도가 나가지 않을 때는 글자 수 세기로 글 쓴 분량을 수시로 체크한다. 물론 나보다 글을 잘 쓰는 이들이 부러워서 괴롭기는 하다. 하지만 '당선'이라는 성과가 나타나지 않아서 힘들지는 않다. 글은 쓰는 동안 나를 치유해 주며 글로서 나의 정체성을 정확하게 말해주는 매력이 있다.

퇴근한 남편에게 공모전에 글을 제출한 날이면 그 소식을 알린다. 글을 쓸 때 남편에게 조언을 구할 때가 있다. 그

때마다 성심껏 내가 생각하지도 못한 글감과 방향성을 제시해 준다. 남편이 본격적으로 글을 쓰면 나보다 더 잘 쓸 것 같다. 그렇기에 상금 받으면 지분이 본인에게도 있으니 상금을 타면 무조건 '반띵'이라고 주장한다. '재주는 곰이 부리고 돈은 되놈이 받는다' 속담처럼 기분이 묘할 때도 있다. 하지만 당신이 당선될 리가 없다고 사기를 꺾기보다는 응원해 주는 남편의 마음이 예쁘다. 남편만의 방식으로 하는 외조에서 나는 힘을 얻는다.

언젠가는 공모전에서 받은 상금을 용돈 하라며 남편 통장으로 쿨하게 송금하는 나를 상상하며 오늘도 나는 쉬지 않고 글을 쓴다.

계속 써도 되는 안도감

올여름은 유난히 더웠다. 그 가운데서도 나는 엉덩이를 의자에 붙이고 일정량의 글을 매일 썼다. 호시탐탐 공모전 리스트를 보면서 평소에 쓰는 내 글의 주제와 맞는 네 곳에 도전했다. 먼저 발표된 두 곳에서는 나의 이름이 없었다. 결과를 보고 난 후 좀 더 치열하게 써야겠다고 마음을 다잡았다. 이러다가 모두 다 떨어지고 누리만 붙을까 슬그머니 불안했다. 우연히 '눈높이 아동문학 대전' 공모전을 봤는데 누리가 학교에서 지어온 시가 생각났다. 어른이 생각지도 못한 발상이어서 참신했다. 고슴도치같이 엄마 눈에만 그렇게 보일 수 있으나 동시 부분에 출품해 보자고 제안하니 본인도 도전해 보겠다고 했다. 만약 아이가 상을 받게 되면 자신은 상을 받았는데 엄마는 못 받았다고 놀릴까 봐 걱정된다. 명색이 작가라는 체면이 아이 앞에서 서지 않을 것 같다. 그런 생각을 하면서도 한편으로는 다른 사람도 아니고 아이와 경쟁하는 내 모습에서 유치함을 느꼈다.

  8월 말 영남일보와 대구광역시 달서구에서 주최하는 '전국 주부수필 공모전' 발표날이었다. 아이들을 학교에 보내자마자 당선작을 확인했다. 380편에 달하는 응모작 수에 경쟁자가 많다는 생각에 압도당했고, 이토록 많은 사람이 글 쓰는 일에 열망하고 있다는 생각을 했다. 대상자 명단을 보면서 이번에도 안 되었다고 낙담하며 스크롤을 내리는데 명단에서 나의 이름을 발견했다. 다시 확인하기 위해 나의 작은 눈이 커졌고 모니터 속으로 들어갈 것처럼 화면을 쳐다봤다. 내 이름을 보는 순간, 기쁨보다는 내가 계속해서 글을 써도 되는구나라는 안도감이 들었다. 사람들은 대상도 아닌데 뭐 그리 호들갑이냐고 하겠지만 비록 가작이지만 나에게는 대상과도 같다. 나에게 그 상이 주는 의미는 꾸준히 글을 쓸 수 있는 용기다. 그거면 충분하다.

남편에게 제일 먼저 이 소식을 알렸다. 축하한다는 인사를 하면서 상금이 얼마인지 물었다. 공모전에 당선되면 상금을 반으로 나누기로 한 약속을 남편은 잊지 않았다. 둘이 나누기도 민망할 정도로 적은 액수다. 막상 상금을 받으니 남편에게 반을 줘야 한다고 생각하니 아까웠다. 다행히 남편이 상금이 얼마 되지 않는다고 받지 않았다. 남편에게 돈 주는 게 아깝다고 생각한 나의 쪼잔함이 보였다. 그래도 혹시라도 모르니 다음에는 백 단위가 넘는 상금일 때만 나누자고 제안했다.

　글을 쓸 때만큼은 나는 행복하다. 그러다가도 가끔 내가 좋아한다는 이유로 아무런 성과 없이 글을 쓰는 건 내가 부질없는 것에 욕심부리는 것 같다는 생각이 든다. 직장을 다닐 때는 글이 아니라 일로 성과를 대체할 수 있었기에 글은 쓰는 것 자체로 즐거움을 누릴 수 있었다. 지금은 글만이 성과를 낼 수 있는 유일한 것이 되어버렸다. 로또 사듯 공모전에 도전한다고 하지만 계속해서 꽝만 나와서 속상할 때도 있다. 성과를 내는 삶에 익숙하게 살아왔기에 내려놓기가 쉽지 않다. 내려놓는 연습이 더 필요하다. 이 상은 글에 대한 자신이 없어 한없이 수렁에 빠져 헤매고 있을 때마다 계속 써도 해도 된다는 응원의 메시지 같았다. 이번 수상으로 인해 나는 당분간 글을 쓸 수 있는 에너지를 비축했다.

이번 소식으로 '글은 엉덩이로 쓰는 데 그 힘은 절대 배신하지 않는다'는 것을 또 한 번 깨닫는다. 로또 사듯이 공모전에 도전했더니 좋은 결과가 있다. 앞으로도 당첨보다는 꽝이 더 많을 테지만 또 다른 로또가 당첨될 희망을 안고 오늘도 내일도 시간을 들여서 내 생각을 글로 옮겨 쓴다. 꾸준히 쓰다 보면 지금 내가 가는 길이 다져지리라 생각된다.

'고맙다'라는 말

　나는 무뚝뚝한 아빠 밑에서 자란 딸인지라 부모님에게 살갑지가 않다. 전화도 자주 하지 않는다. 연락을 잘 안 하는 딸에게 섭섭함에 참다못해 엄마가 전화한다. 부모와 자식 사이가 친한 모습을 보면 저게 가능한 일인지 싶어 신기하다. 독립하기 전까지 20년을 넘게 살았는데 왜 그리 어색한지 모르겠다. 무슨 일이 있거나 명절, 어버이날 등 자식으로서 도리를 해야 할 때만 거의 전화했다. 어느 책에서 "우리가 부모님에게 안부 전화할 날이 그리 많지 않다고, 후회하기 전에 전화를 자주 해야 한다"라는 문장을 보았다. 그 글을 읽었을 때 평상시에 전화하는 횟수를 계산해 보았다.

그 숫자가 얼마 되지가 않았다. 후회할 게 뻔하지만 말처럼 쉽게 행동으로 이어지지 않는다.

아빠와 직접 통화하는 경우는 엄마가 전화를 받지 않을 때거나 아빠의 생신, 어버이날 등 몇 안 된다. 아빠랑 통화 내용은 아픈 데는 없는지, 밥은 먹고 다니는지, 책은 많이 읽어야 한다고 말하거나 아이들의 안부를 묻는게 전부다. 그럼에도 내가 엄마에게만 전화하면 섭섭해한다. 부녀 사이의 통화 시간은 5분을 넘기지 않는다. 마치 뭔가 쫓기듯이 우리는 서둘러 전화를 끊는다. 내가 어색하듯이 아빠도 마찬가지인 것 같다.

엄마가 수술하게 되어 아빠와 통화하게 되었다. 몇 달 만이다. 우리는 늘 하던 질문들로 대화를 이어갔다. 질문들의 밑천이 바닥나자 몇 초간 적막이 흘렸다. 나는 어색함을 없애기 위해 '전국주부수필공모전'에서 상 받은 이야기를 했다. 아빠는 나에게 "고맙다"고 했다. 평상시에 이런 말을 잘 하지 않는 아빠가 그런 말을 해서 놀랐다. 그 말속에는 당신의 딸이 오랫동안 다닌 직장을 그만두어서 속상해서 혹시나 의기소침해 있지 않을까? 걱정과는 달리 잘 사는 모습이 고마웠던 것 같다. 분명 아빠도 퇴사 후 어떻게 지내고 있는지 궁금했을 것이다. 아빠는 지나간 일에 후회하지 말고 상처 준 사람들도 미워하지 말라고 했다. 아빠는 그동안 이 말을 하고 싶었지만 참고 있었다는 생각이 들었다.

대학교 원서 쓸 때 국어국문학과를 가겠다고 했을 때 아빠는 반대했다. 그 과를 갈 바에는 대학을 가지 말라고 했다. 아빠가 생각할 때는 내가 그 과를 졸업해서 밥벌이는 못할 것 같고 글재주가 없다는 이유에서였다. 아빠의 말은 반은 맞고 반은 틀렸다. 글을 써서 밥벌이는 못 하지만 글로써 간간이 상을 받는 것을 보면 아예 재주가 없지는 않다. 내가 작가가 되고 싶었던 이유 중에 어느 정도 아빠의 지분도 있다. 아빠는 어릴 적에 인형 대신 동화책을 사주었다. 처음으로 선물 받은 『백설 공주』와 『신데렐라』를 달달 외울 때까지 읽고 또 읽었다. 또한, 공부를 잘해야 한다는 말은 들어본 적이 없지만 책을 많이 읽어야 한다는 말은 자주 들었다. 나는 아빠 말대로 책은 어릴 때부터 많이 읽었다. 마흔이 넘은 딸에게 아빠는 아직도 나에게 잊지 않고 책을 많이 읽어야 한다고 말한다. 책의 재미를 알게 해준 아빠가 내가 작가가 되는 것을 반대하는 건 모순되는 행동이다.

아빠는 첫 책이 나왔을 때 그 누구보다 기뻐했고, 조선일보에 몇 달간 기고한 나의 칼럼을 읽고 눈물이 난다고 했다. 아빠에게 무뚝뚝함을 물려받아서 말하는 대신 생각을 정리하고 글로 옮기는 훈련을 했다. 아빠의 고맙다는 말속에는 이제는 글을 쓰는 딸을 인정해 주는 것 같다. 응원과도 같은 그 말을 다시 듣고 싶어 나는 오늘도 글을 쓴다.

인생을 즐기며 사는 것 자체가 성공한 인생이 아닌가 싶다. 그런 의미로 바라본다면 나는 글 쓰는 순간이 즐겁기에 성공한 거라고 아빠에게 말하고 싶다.

글을 쓰기 위해 성실히 삽니다

    글 쓰는 사람들은 자신이 가지고 있는 성향대로 글을 쓴다. 상상력이 풍부한 사람은 소설 쓰는데 탁월하다. 상상력이 풍부한 자원을 가진 사람이 쓴 글을 보면 정말 부럽다. 나는 경험을 바탕으로 소설을 쓴다. 소설 스터디에서 소설을 쓰면서도 어느 순간 이 글이 에세이인지 소설인지 분간이 가지 않는다. 내 글을 읽는 사람들에게 내 마음이 들키는 것 같아 신나게 쓰다가도 멈추고 만다. 경험이 없으면 소설의 이야기가 이어지지 않는다.

    예전에 이윤영 작가가 가르치는 글쓰기 수업에서 글을

배웠다. 그때 내가 제출한 글을 보고 경험을 바탕으로 사유하고 그것을 글로 옮기는 능력이 뛰어나다는 칭찬을 받았다. 신은 나에게 상상력 대신 대상을 깊이 생각할 수 있는 능력을 주었다. 내가 글을 쓸 수 있는 원천은 직접적인 경험과 책, TV 등 간접 경험이다.

   나는 글을 쓰기 위해 일상에서 일어나는 일을 가볍게 흘려보내지 않고 의미를 부여하고자 노력한다. 글의 밑천을 마련하기 위해 경험 부자가 되기 위해 소소할지라도 무언가를 끊임없이 한다. 운전을 잘한다면 더 풍부한 경험을 가질 것 같다. 나는 면허는 있으나 장거리 운전은 겁이 난다. 예전에 운전 초보일 때 춘천까지도 갔으나 교통사고로 겁을 먹은 후 집 근처에서만 운전한다. 운전만 잘한다면 경험이 더 풍부해질 것 같다. 올해 영월에 있는 인디 문학 1호점에서 가수 요조와 함께 독서캠프를 열었다. 평소에 그의 글을 좋아했던 사람들이 모여서 '책'이라는 공통점을 가지고 이야기 나누는 독서캠프라니 그 자체가 얼마나 낭만적인 일인지. 너무나도 가고 싶었지만 운전이 미숙하여 참가하지 못한 것에 아쉬움이 크다.

이처럼 나는 하고 싶은 것도 가고 싶은 곳도 많다. 제주도에 혼자 한 달 살기, 작가들에게 빌려주는 작업실에서 일정 동안 글을 쓰며 지내기 등이다. 하야마 아마리 작가가 쓴 『스물아홉 생일 1년 후 죽기로 결심했다』의 책 내용은 이렇다. 삶에 대한 의지가 없는 주인공이 우연히 TV에서 라스베이거스를 본 후 그곳에 가고, 머무르면서 쓸 경비를 모은다. 주인공은 라스베이거스의 멋진 광경을 본 후 죽을 결심을 하지만 그곳에 간 이후에도 죽지 않고 산다는 내용이다. 이 책에서 라스베이거스는 죽을 결심을 한 주인공에게 살아갈 힘을 주었다. 이처럼 무언가 하고 싶은 목표가 있다는 것은 미래에 대한 희망이 있다는 뜻이다. 주인공이 라스베이거스에 가기 위해 영어와 카지노 공부를 하고 돈을 열심히 번 것처럼 퇴사로 인해 힘들어하기보다는 꾸준히 글을 쓰겠다고 결심했다. 처음에 글을 쓰게 된 동기는 단순히 나의 마음에 응어리를 풀기 위한 글쓰기로 시작했다. 그런데 책을 써서 상을 받고, 라디오에 출연하고, 칼럼을 기고하고, 북토크를 진행하는 등 글은 나에게 새로운 경험을 안겨주고 꿈꾸고 성장할 수 있게 만들어 주었다. 앞으로 또 어떤 무대가 펼쳐질지 궁금하다.

퇴사 후 자칫하면 무기력하고 후회로 지낼뻔한 나를 글이 살렸다. 묵묵히 글을 쓰는 동안 나의 생채기는 아물고 회복되어 가능 중이다. 글을 쓰기 위해 시간을 허투루 쓰지 않으며 삶을 긍정적으로 바라보았다. 어쩌면 많은 경험을 하고 싶은 이유가 표면적으로는 글을 쓰기 위함이라고 할 수 있지만, 저 밑바닥에는 잘 살고자 하는 삶에 대한 의지가 강하다는 뜻이기도 하다. 이러한 경험들이 나에게 어떠한 글감들을 선물할지 기대된다.

　나는 주어진 나의 삶을 후회보다는 재미있게 살았노라고 추억을 회상하기 위해 오늘도 책상에 앉아 글을 쓴다.

.1 우지현,《풍덩!》, 위즈덤 하우스, 2001년, 26쪽

2. 최혜진,《유럽의 그림책 작가들에게 묻다》, 은행나무, 2016년,
234쪽~236쪽